還是好朋友

橘子作品28

Still Friends

自序

一開始我只是燙壞頭髮而已。

我坐在髮廊裡，看著鏡子前的我自己頭上頂著舞棍阿伯的髮型，然後禮貌的嘆口氣，然後哀傷的付了錢，然後樂觀的心想：算了啦，人生嘛，反正把燙壞的頭髮綁起來就是。就如同每次遇到什麼鳥事情時我的OS一樣：算了啦，人生嘛。

可是結果燙壞的頭髮綁不起來，這該死的捲髮太膨鬆，或者之類的原因，接著下一分鐘，我打電話給朋友告訴她這鳥事這髮型，接著她樂得哈哈大笑，笑到我心情都慘澹澹了，然後是當晚，我拿起紙筆寫下這開場白，這舞棍阿伯的髮型。

然後小說被擱置了兩年的長時間。

因爲父親發現罹癌，治療，陪伴，沮喪，崩潰，逃避，麻醉，再一次面對……諸如此類，以及，是的，趁著父親狀況好的時候全家出遊、回憶積累，我記得很清楚的是，有回和國中同學提到這事時，她相當驚訝癌末病人還能四處遊玩，確實沒錯，當病情因爲治療而獲得控制的時候，他們其實和健康的人看來無異，實際上當父親在電療化療的那一陣子，他看起來甚至比起主要負責照顧的我媽和我還要好氣色，甚至在那一整年裡我們帶著父親出席不少的喜宴，或者是沾沾喜氣，或者是好好和久別親友餐敘，或者單純是我們的回憶積累，隨便。

而這部小說之所以會接續，也是因爲我的國中同學。

因爲一場沒什麼人參加的婚禮在FB上被標籤，於是國中時失散的好姐妹因此再一次重逢了起來，我們聊著我的癌末父親，一切還好嗎？不要太難過，照顧病人之外也記得要好好照顧自己……諸如此類，也聊起這幾年的各自遺落了的往事，還聊起國中時的往事，然後，是的，席間有個好姐妹八卦我們班花當時被追求的悲慘往事，悲慘到回想起來除了主角之外的我們都哈哈大笑，笑得樂不可接著我想起我國中時暗戀過的那個男同學——好啦，就是書中的魏銘毅這名字，於是，是的，這只開了頭的故事再一次回到我的腦海裡，不過並沒有被繼續。

還沒有。

接著父親病危，撐過我們最後一個父親節之後，並且如願完成他生前最後一個願望：回家。之後終於安心了似的吐出最後一口氣，不再撐，不再痛，父親辭世。而至今依舊是我心底最愛的阿龐也是，在父親頭七那天，毫無預警的走了。

我徹底的被擊垮了。

那是二〇一二年八月的事，而小說再度開啓，是今年（二〇一三）三月，三月十四日，我記得很清楚，那是父親第一次被推進開刀房的日子，那是曹弟的生日；那個晚上我把自己關在暗暗的房間裡，回想那一年半來的陪伴照護，或者強顏歡笑，或者假裝堅強；也回想著那半年以來每天每天都覺得自己徹底被擊垮根本就活不下去，難過到反而羨慕起那些過世了的他們，無病無痛，無煩無憂。

接著我以爲我會哭，再一次的爲這所有的一切痛哭，可是結果並不是，結果我覺得好了夠了算了，然後我感覺到兩年前的那個我自己慢慢回到我的身體裡腦海裡，於是重新拿出紙筆，把寫作繼續。

重
新
來
過

在藉由寫作的過程中，一點一滴把被擊垮了的人生，重建。

這不是一條簡單的路，我指的是遺忘傷痛以及重新走回生活的節奏，不過這確實是不得不的必經之路。

而或許就如同書中開場白提及的物極必反，也於是，在經歷過我人生中最黑暗的兩年之後，我反而寫出了這十幾年來的寫作過程中，最歡樂的一部作品；這是一本很歡樂的書，這是一本，關於在愛情裡，結束與開始的故事。這依舊是一本，會讓你／妳想起回憶裡某個誰的書，能夠放下了的那種。

橘子

第一章

「請問你把我燙成舞棍阿伯是有什麼事嗎？」

此時我人正坐在髮廊裡，望著鏡子裡頭的這個我自己（或者就乾脆直接說是舞棍阿伯少女版好了），因爲物極必反、所以反而十分鎭定的如此問道；實際上如果不是因爲此時此刻我眞的眞的受驚過度的話，我很可能會崩潰的大哭或大笑或者就乾脆瘋癲的同時大哭又大笑算了。

我相信換成是這世界除了舞棍阿伯之外的任何一個人，在走進髮廊、坐了屁股發疼的三個小時之後，眼睜睜看著舞棍阿伯的髮型活生生的出現在自己臉上頭上的話都會當場崩潰的；而且我眞的眞的認爲法律應該賦予我們這些髮型受害者合法擁有撕爛這些惡搞一通髮型設計師的嘴巴這權利；並且我還相信這個世界上任何一個髮型設計師（除了舞棍阿伯的之外）眼看著自己瞎忙了三個小時之後，結果居然是創作出少女版的舞棍阿伯髮型來，都應該會羞愧的當場咬舌自盡，而且是立刻就咬舌自盡！

然而我眼前這一位老兄卻偏不！

我眼前這位厚捲瀏海老兄非但不羞愧難當，他老子甚至還臉不紅氣不喘的說——喔太棒了我愛死了—他當眞臉不紅氣不喘的這麼說：

『哪有啊？妳還眞是愛說笑耶，我只是照妳說的啊，把頭髮燙捲然後要有瀏海這樣而已啊。』

「然後你就這樣把我燙成舞棍阿伯嗎？」

然後他老兄就惱了：

『我請問妳到底是哪隻眼睛看到舞棍阿伯了？』

「我告訴你我兩隻眼睛外加兩對睫毛都看到舞棍阿伯在我頭頂上跳舞了！」

沒好氣的、我反擊他。

就這麼，我瞪著鏡子裡的他而他瞪著他眼前的我，我倆就這麼好好地恨了對方大概三個世紀那麼久之後，他老兄決定要回到當下，於是他以戥歪歪的冷笑打破這僵局，他收回他的怒視、撥了他的厚捲瀏海，還翻出個好帥的白眼並且撇了個好嗆聲的嘴角同時站出個三七步然後端出個擺明了挑釁的姿態，說：

『不然這樣好了，如果這髮型妳是眞的不滿意的話，我就免費幫妳燙回直髮也可以。』

「這髮型我不是如果不滿意而是眞的非－常不滿意！」

『……』

「……」

算了。

「那要花多久時間？」

『再三個小時。』

太棒了我愛死了！再故意一點沒關係！

「我看這樣好了，你用這三個小時的時間把自己也燙成舞棍阿伯，然後我吃完喜酒再回來找你，到時候我們一起走出這髮廊如何？你有勇氣這麼做的話，我就有勇氣頂著這髮型走出這髮廊再走進來一遍！」

『……』

「……」

『……』

「……」

然後他就哭了。

太棒了我愛死了！他眞的在大庭廣眾、眾目睽睽之下哇嗚一聲的垂下肩膀、伸長脖子的嚎啕大哭了起來，分明該爲此痛哭一場的人根本就是苦主我才對吧？這哪招到底？

我有說過嗎？我生平最害怕看到男人哭了！

措手不及的我只得投降輸誠的試著哄哄他：

「哎喲不是嘛，我只是開個玩笑而已啦。」

『我不喜歡妳的這個玩笑！』

他眼睛紅紅的嗓門尖尖的說，並且他聲音裡還有一絲絲崩潰的味道，而且還是很大的一絲；我注意到他手裡不知何故又重新拿起了剪刀，他倒是又重新拿起剪刀來幹嘛？

他想幹嘛呀？

『我這一陣子很不好過！』

他突然的吼出這一句話，我於是立刻冷靜的計算從這裡到門口的逃生時間。

「不是嘛、我就——」

『我一直就有自尊困擾！』他老兄一手按住我肩膀一手緊握著剪刀，開始尖叫著說：『可是你們每一個人都針對我！我指的是每一個人每一天我遇見的每一個人都針對我！』

誰來救救我！誰！

『我簡直不知道是要殺了自己還是殺了全世界還是殺了全世界再殺了我自己！』

「我個人是比較建議你可以殺了自己就好，別煩全世界了。」

我是很想帥氣的這麼勸導他，可是最好我有那個膽。

「欸、你瀏海亂了。」

結果我是根本俗辣的指著他的厚瀏海，然後趁著他轉移注意力時拔腿逃走。

我逃

我剛剛是扔了多少錢在櫃檯？不管了！

我現在看起來如何？糟透了！

不行不行，我從國中畢業之後就沒有這麼狼狽過，我才不要再一次再變回那個狼狽的居佳欣。於是當這喜宴的餐廳遠遠的出現在我眼前時，我趕緊放慢了腳步調整好呼吸鎮定住心情，讓自己盡可能從容不迫的走進去並且好優雅的出現在蔓羚和峻翔的眼前，可是雖然理智上是這麼告訴我自己，然而當我看到玻璃大門前反射出來這悲慘的髮型時，我還是覺得自己沮喪到根本就活不下去了。

『喔妳！』

我走進喜宴會場、都還沒來得及開始找高中同學這桌子時、遠遠的我就聽到了蔓羚的這一句『喔妳！』當下我真的領教了所謂的雞尾酒效應了！擠過吵雜的陌生賓客，看著蔓羚和峻翔樂不可支、眉開眼笑、歡樂得簡直就要手舞足蹈、只差沒有當場手牽手起身跳起大腿舞時，我試著堅定的告訴他們：

「閉嘴！是朋友就閉嘴！」

但是他們根本才不可能閉嘴，因爲他們是石蔓羚和張峻翔，並且這會兒峻翔甚至還裝模作樣的清了清喉嚨敲了敲玻璃杯，語調表情都賤賤的大聲宣佈：

『各位咳咳，我想我愛上這女孩了！』

「再告訴我一次，爲什麼這九年來的每一天我都以爲我們是朋友？」

他們才不管，他們繼續快樂的賤嘴巴：

『對啦妳是長得很正啦，可是眞的也沒有正到要把自己搞醜成——』指著我悲慘的髮型、蔓羚愉快的困惑著：『呃、這是周星馳電影還是全民大悶鍋？』

算了我放棄，我自暴自棄的坐下加入他們的快活：

「我想這是少女版的舞棍阿伯，雖然本來應該是少女時代的髮型出現在我頭上才是。」

『哈哈哈哈哈～』

『哈哈哈哈哈～』

太棒了我愛死了！自暴自棄的感覺怎麼這麼爽快啊？

「來個誰給我倒酒啊！」

『哈哈哈哈哈～』

『哈哈哈哈哈～』

哈夠了沒有？我沒好氣說。

喝了一口廉價紅酒同時往嘴巴裡丟了一顆開心果之後，我開始自暴自棄的說起今天下午那個有自尊困擾的想要殺掉全世界的當眾嚎啕大哭的他媽的髮型設計師；哈哈哈哈哈哈，更多更多的哈哈哈、這兩個沒心沒肝無視於我臉上悲慘表情以及頂上悲慘髮型的世界上我最好的朋友就這麼抱著肚子笑慘了腰、笑得我幾乎也要開始有自尊困擾的時候，蔓羚還嫌不夠似的、說：

『妳眞的很好笑耶，隨時都準備好要和對方吵架，卻又隨時都準備好了投降。』

「我哪有！我只是比較愛惜生命而已，我剛有提到他手裡拿著剪刀哭吼著想要殺了全世界嗎？」

『呿～』

蔓羚呿了呿，而峻翔則是終於想到了什麼似的、問：

『怪了，妳不是一向都只找我們的泡泡嗎？』

「還不就是泡泡的錯。」

『什麼情形？』

「爲愛走天涯去了、這泡泡，我也是今天走進髮廊才知道的。」

嘆了口氣，我說，我開始悲壯的轉述洗頭妹妹的話：

「雖然不確定義大利現在是什麼時間，不過我相信不管義大利是什麼時候，他老子都會快樂似神仙，每個認識泡泡的人都是這麼相信的，而且是每個只要稍微認識泡泡的人都會這麼相信的。」

『他把到義大利帥哥？』

蔓羚問，而我補充：

「嗯，而且是個腹肌有人魚線的義大利帥哥。」

『然後泡泡就放掉這一切爲愛走天涯？』

「嗯，因爲是腹肌有人魚線的義大利帥哥，我剛有提到這位小義大利他的衣服總是穿得很憋嗎？」

『喔，那難怪。』

『嗯，這當然。』

他還眞的是色出口碑來了、這泡泡。

我有提過當年我還是青春無敵年幼無知的小女生時曾經瘋狂迷戀過俊美的泡泡嗎？算了、別提了，不過、峻翔當時也是愛慘了泡泡，哈哈哈哈哈。

燈光轉暗，掌聲響起，新人進場，我們這幾桌離長輩席很遠（新郎的明智決定！）的高中同學開始對著挽著新娘、整個人笑開懷的新郎鬼吼：

帥啊、莊明通！

這麼快就把自己嫁出去了吭？

新郎剛剛不在門口接客倒是躲哪去了啊？難道是在新娘房刷睫毛吹頭髮嗎？

在喧鬧聲中我們這桌有人低聲問了一句：

『這話私下問：曾經被莊大嬸追過的請舉手。』

而桌邊包括我在內總共舉起六隻手，其中一隻還包括張峻翔，於是我們開始用力的噓峻翔；坦白說當下我是有點感傷的，不是因爲原來莊大嬸不只追過我而是追過我們這一桌幾乎是除了峻翔的所有女生，卻是因爲此刻蔓羚才終於想到什麼似的、指著我身邊的空位，問：

『凱燁不是說會來？人咧？』

我之所以會感傷的原因不是因爲終於有人發現凱燁沒來，而是因爲第一道菜通常是冷盤而蔓羚通常不愛吃冷盤於是無聊的左看看右看看才發現到凱燁沒有來；於是我才發現原來關於凱燁的缺席在他們眼中已經變成是慣例，反而凱燁來了他們才會覺得奇怪、搞不好還會多心的事後追問我們是不是吵架了要分手了？

我們以前不是這樣的，凱燁以前和我不是這樣的。

『該不會是今天又剛好來了一陣好美麗的浪，所以他又拋下我們了吧？』

「是啊，」我苦笑著說：「關於衝浪狂這一點，凱燁也眞是活出口碑了呢。」

『呃，我是開玩笑的說。』

峻翔尷尬的說，而我則是無所謂的聳聳肩膀、繼續吃我的生魚片，雖然今天早上當我接到凱燁既抱歉又興奮的電話時，我也很希望他是開玩笑的。

因爲實在太不想要他倆就著這個話題——關於凱燁生命中的第一順位是衝浪而不是我——繼續討論下去以至於我們又開始爭執——再一次沒有結論也毫無意義的爭執——於是我只好拿自己的新髮型開玩笑：

「說來都是呂凱燁害的啦，要不是他臨時晃點我，那麼今天下午我就會很安全的和他待在一起而不是臨時起意去把自己燙成舞棍阿伯——」

『居佳欣。』

蔓羚喊我居佳欣而不是佳欣，所以我會知道此刻的她態度是正經的，好吧！這個轉移話題很不成功，我只好往嘴裡倒了一大口紅酒好拖延開口的時間，才想著該如何跟他們解釋：有啦我有試過和凱燁溝通，好啦他也有試著改變，可是——

『抱歉，這個位子有人坐嗎？』

太棒了！不用有啦好啦可是不過，因爲此刻我身後響起的這個男聲成功的轉移了我們的話題以及，是的，氣氛。

『本來是有的，不過現在沒有了。』

峻翔搶著說，同時還送了個美美的秋波給這位胸前掛著單眼相機的男生，我懷疑此刻蔓羚踢了他老兄的小腿骨，因爲峻翔話才說完立刻就悶哼了一聲，而至於蔓羚則是用眼神暗示我：這道菜是她的！

這道菜沒看出這短短三秒鐘內的暗濤洶湧，這道菜笑著坐下，說：

『謝啦，我們那邊有人臨時多帶了人來，位子不夠所以……』

所以我們就開始咬耳朵了：

「有人要跟我換位子嗎？一頓下午茶就可以。」

『一頓晚餐都沒關係，不過不用了，我這位子看得比較清楚。』

蔓羚說，而峻翔則加碼：

『一頓晚餐加一頓下午茶都沒問題，不過不用了，因爲他又走掉了。』

『他倒是一直走來走去的幹嘛？』

「難道是膀胱不好？」

『閉嘴！』

他倆異口同聲的吼我，接著又開始熱切的討論：

『這樣也好可以看到他全身。如果你遇過坐著和站著差很大的男人，你就會知道我意思。』

『我懂，倒是什麼時候莊大嬸有個這麼正點的朋友居然瞞著沒有告訴我們？』

『埋了莊大嬸嗎？』

『立刻的馬上嗎？』

『那新娘怎麼辦？』

『就變成新鮮的寡婦了，如果他們先去登記了的話。』

「好了啦你們！」

眞受不了這兩個不放過任何幼稚話題的無聊鬼。

原來單眼男是莊大嬸的婚禮攝影，難怪他胸前掛著單眼而且還一直坐下起身走來走去的，當新人開始逐桌敬酒時、我們很高興的悟出這一件事情；當他倆開始對賭單眼男的性取向以及感情狀況並且他是莊大嬸的誰時，我只隱約覺得此人怎麼搞的好像在哪裡看過的樣子？而當我終於想起究竟是在哪裡看過他的時候，是喜宴結束時，我們排著隊在門口等著和新人拍照時，峻翔幼稚到不行的再一次玩著這他玩不膩的老梗——

峻翔故意大聲的說：

『嘿居佳欣！既然妳男朋友今天不在家，乾脆來我家一起睡吧！』

「可是今天你男朋友在家你忘了？」我翻著白眼說：「太棒了我愛死了！我們究竟要重複這無聊的笑話幾百次？」

『兩千次如何？』

「你去吃大便如何？」

『吃餿水好嗎？味道比較香。』

「那大便加餿水好嗎？色香又味美。」

『好了啦你們！』蔓羚不耐煩的吼我們：『居佳欣張峻翔！輪到我們拍照了啦！』

『居佳欣？』一直等在單眼相機前的這傢伙突然放下相機喊我名字，『妳眞的是居佳欣？』

就是在這個我們四目相對的當下，我想起來了他是誰——

『我是魏銘毅妳記得嗎？妳的國中同學！我們同校不同班！』

太棒了我愛死了！他眞的就是魏銘毅。

我

逃

第二章

我是魏銘毅妳記得嗎？妳的國中同學！我們同校不同班！

這是什麼鬼問題？問題是我根本就不想記得他！如果說世界上有哪個人眞眞切切是我打從心底打從骨子裡打從毛細孔甚至是打從細胞核都寧願自己沒遇過的話，那麼這個人毫無疑問絕對就是魏銘毅！從寧願沒遇過他的第一名到第九百九十九名都是魏銘毅的這寧願沒有錯。

託了這混帳王八蛋的福，我的國中生活根本就悲劇一場，而且我從當時到現在都搞不懂我究竟是哪裡惹到他、惹得他非得這樣惡整我不可，我甚至從來沒有跟他說過一句話，從、頭、到、尾都沒有！

沒有！

國二那年的體育課，我記得很清楚，那學期的體育課我們班和他們班剛好都是下午第一節上課，我不太明白是哪個愛吃臘肉的老師天才的把體育課安排在學生們剛吃飽的沒睡飽的日正當中的太陽毒辣下午一點鐘，不過說真的，我寧願變成胃下垂的臘肉來換回當時和魏銘毅四目相對的那一刻，我是說真的。

那一刻的情形是這樣：當時我們班上正在不符合人權的跑著陽光毒辣的操場，而跑在班上最後面、一邊慢吞吞跑著一邊把握時間猛聊天的我的好姐妹珮甄遙遙的看著籃球場上的魏銘毅他們班，心花怒放地告訴我：

『我本來很想叫我媽打電話來學校抗議，為什麼體育課要排在下午第一節，這樣合法嗎？不過，』她愉快的嘻了一下：『不過看到是和魏銘毅他們班同一堂體育課，我就開始覺得這樣也不錯。』

「誰魏銘毅？」

沉浸在歡樂的喜悅裡，珮甄沒理會我的這問題，她自顧著陶醉：

『我們的教室離太遠了，平常不太有機會看到他，福利社的話偶爾是可以，不過也不太常遇到。』

「誰魏銘毅？」我又問了一次：「他們哪一班？」

『四班，喏！』指著籃球場上那堆男生，珮甄說：『那個就是魏銘毅，裡面最高的那一個男生。』

我努力的看著籃球場上的那堆男生試著想找出誰是魏銘毅，同時聽著珮甄繼續說：

『我覺得他是我們學校最帥的男生，不過應該很多女生都這樣覺得吧。妳覺得呢？』

我不知道，因為陽光太刺眼而且那堆男生太多，我大概是太努力想要看清楚這傳說中學校最帥的男生、以至於我沒注意到我們此刻已經跑到籃球場旁邊的跑道，否則我就會知道要含蓄的把視線收回——就像珮甄當下那樣，可是當我發現到我們的距離已經太近、近到我看到魏銘毅正在看著我努力想要看清他的時候已經來不及，就是在那個四目相對的當下，我看見那堆男生鼓躁了起來，也看見魏銘毅壞壞的笑了出來，才想轉頭告訴珮甄：「不行耶，太陽太刺眼我看不清楚他長相，不過妳已經和隔壁班的張書豪在交往了不是？」的時候，我的眼角餘光看到魏銘毅丟起了籃球，接著我感覺到我的後腦勺有種火辣辣的痛，然後我一字形的往前倒下，最後是我們班上的一陣驚呼聲以及他們那群臭男生的哄堂大笑。

接著當第二節課我走出保健室的時候，我的國中生活開始變成是悲劇一場。

我開始知道他叫作魏銘毅，我當時聽說他是我們學校最帥的男生，可是我從頭到尾都沒看清楚他的長相也沒有和他說過一句話，雖然從那四目相對從那他事後跟我們體育老師宣稱他是不小心球傳太遠不是故意丟到我的他媽的籃球之後，我就一直不斷不斷的遇到他，可是我從頭到尾都還是沒有機會看清楚這個被很多女同學說是學校最帥的男生長得究竟他媽的什麼模樣！

抱歉我不小心真性情的說了粗話。

事情是這樣的：

從那天之後，我放學走向腳踏車棚的路徑變成是一場惡夢，因爲每次每次頭頂上總是會潑來一桶水，以及是的、他媽的哈哈大笑聲，也就是籃球場上那同一群混帳的哈哈大笑聲；我不知道我是哪裡惹到他們了？我只知道只有我走過那裡的時候會有一桶水等著要潑我、別人都不會，而最衰的是魏銘毅他們的教室正是從我們教室走向腳踏車棚唯一的必經之路，而且慢慢的我發現到，不管我放學後早走晚走什麼時候走，那桶水永遠永遠都會守在那裡等著我，等著他媽的潑我！

一開始我會嚇得驚慌失措失聲尖叫，到後來我變成是習慣了的默默忍耐、把眼睫毛上的水抹掉繼續低頭往前走；你會驚訝的，關於人的忍耐度這回事。

我感謝儘管如此，珮甄還是願意每天陪我一起走這一段水之路以及一起聽他們愉快的幼稚大笑再一起溼答答的回她家換過乾淨的備用制服（也謝謝她每天幫我洗備用制服）；她真的是個很夠意思的好姐妹，雖然有的時候她還是不免會接到張書豪傳來的簡訊：我爸今天出差，晚餐要不要去吃麥當勞？叫居佳欣自己先回家。

每當這個時候，我就必須自己孤零零的走過那段水之路，並且趕在我那兇巴巴的媽媽回家之前趕緊把自己整理好、而不是先去珮甄家換衣服、假裝自己並沒有被欺負。我有提過我媽是個難纏的恰北北嗎？

每天每天被水潑出經驗的結果就是，我會發現到每當只有我自己一個人的時候，他們會笑得特別大聲甚至還吹起口哨。我覺得自己好悲慘，我有想過乾脆去他們教室找他們問個清楚究竟我是哪裡惹到他們了、非得要他們這樣子每天每天的惡整我?可是我不敢，因爲我那時候還沒有遇到蔓羚和峻翔，我那時候還不是現在的居佳欣，我是遇到了蔓羚和峻翔之後才變成現在的這個能夠勇敢地和陌生人吵架的我(雖然每次總是會搶先俗辣的道歉逃跑就是了，我想那大概是國中時候那個被欺負慘了的可憐居佳欣躲在我心底小小的陰影裡)。

我怎麼會那麼好欺負?

媽呀我好想哭。

我以爲每天放學回家要被水潑就已經夠悲慘了，可是後來還有更悲慘的事情發生:國二下學期，冬天到了，他們很體貼的決定不可以再潑我水因爲會害我感冒然後請病假以至於他們沒人可潑水(我猜的)(完全是自我安慰的思考迴路)，所以他們很靈活的改變整法，他們改成是把我的腳踏車吊在腳踏車棚上面。

太棒了我愛死了!他們究竟是怎麼辦到把腳踏車吊在腳踏車棚上面的?拿梯子嗎?除了這樣也沒有別的辦法了吧?因爲那是就算連魏銘毅那麼高的人也沒辦法搆到被吊起的腳踏車的高度、更別提把腳踏車吊在上頭(天啊我眞痛恨我得推敲這一切！）可是他們哪來的梯子？而且重點是、就算是這樣的話，他們起碼也把梯子留下來讓我好爬上去把腳踏車拿下來吧？我的要求又不多，我的要求好卑微，可是連這麼卑微的默默要求他們也沒給，他們只是坐在他們的腳踏車上等著欣賞我楞到忘記要哭的悲慘表情，然後就好快樂的騎著腳踏車從我面前從我身邊呼嘯而過；我常在想如果我那時候有現在的勇敢，我絕對絕對會拿石頭丟他們後腦勺的！

絕

對

可是我沒有，我那時候太膽小太怕事又太害羞了，所以我才會這麼好欺負，所以我才會被欺負得這麼悲慘還不敢告狀；我那時候甚至悲壯的下定決心：好！下一個來追我的男生不管是誰甚至是不是個人只要他可以幫我處理掉魏銘毅這幫麻煩，我就當他的女朋友！可是很奇怪，從國小開始我就一直滿多男生追的，但是自從被魏銘毅那夥人盯上惡整之後，我有默默發現到從此就開始沒有男生跑來跟我告白了。

也是，誰會想要對一個被欺負慘了的悲劇女生告白呢？

告白

完全沒再被男生告白（謝天謝地！）不說，之後我還被一個不知道哪一班的女生警告過，回想起來那整件事情比起潑水比起吊腳踏車都更要來得像是場鬧劇：那是國三的某一天，想來應該是夏天，因爲在那天放學之後我本來都準備好了又要獨自被潑水（那天張書豪又傳簡訊叫珮甄要我自己早點回家）可是結果卻沒有。

那天午休時有個不知道是哪一班的巨妞跑來我們班把我叫了出去，那巨妞看起來比我還要緊張的樣子，那巨妞很緊張的警告我：離魏銘毅遠一點！因爲魏銘毅是她的！

這話我想了想，然後不是很理解，我認知中的魏銘毅不就是個一開始拿籃球K我，後來夏天拿水潑我冬天吊我腳踏車並且時不時會出現在我們教室走廊的轉角、打開襯衫抽著香菸看著我低頭走過卻什麼話也沒說什麼道歉也沒給的混帳傢伙嗎？離他遠一點？太棒了我愛死了！這根本就是我一直夢寐以求的啊！

於是我說，我眞的這麼冷靜的說：

「好，他是妳的，我知道了，恭喜妳!順道一提，妳知道那個人很賤嗎？」

『妳講什麼！』

「妳沒聽錯。」

我這麼說，然後嘆了口氣——很有情緒的嘆一口氣，接著看也沒看她的就走回教室繼續吃便當，我不是故意耍酷或者其他什麼的，我只是眞的被水潑得很煩、也一直騙我那恰北北的媽媽腳踏車被偷了所以走路回家騙得很煩而已。

我從頭到尾都沒想過也懶得去想那巨妞想表達的是什麼，不過很神奇的是，確實就是從那一天之後，魏銘毅那夥人像是終於潑水潑煩了、吊腳踏車吊膩了（也有可能是他們**剛好**在那天想到了是該好好準備考試而不是一直一直惡整惹也沒惹過他們的陌生同學了似的），他們停止了這無聊的捉弄人遊戲。

終

於

魏銘毅。

我最後一次看到魏銘毅是在畢業典禮上（我們國三時體育課已經不是同一節）（我愛上帝！），是在操場上我記得很清楚，同樣是在靠近籃球場上的操場邊，當時候我們正在討論要去哪慶祝畢業，接著我抬頭看見魏銘毅遠遠的看著我，他難得的不是和他那一群混帳同學在一起卻是獨自一個人，獨自一個人的魏銘毅遠遠的看著我，他看似想要走過來跟我說什麼，或許是道個歉或許是再潑我一次水或許是直接把我吊在腳踏車棚上面？？不知道，我終於看清楚他的長相了嗎？不知道，因爲當下我的反應是掉頭轉身拔腿就跑，一路跑回家裡把自己反鎖在房間裡頭，讓自己感覺安全，以及、是的，解脫。

結束了、終於！

我有提過嗎？我國二那年額外買了兩套制服放在珮甄家替換以及被我媽臭罵一頓買了三台腳踏車——沒有一台例外的最後都慘遭他們毒手被吊在學校的腳踏車棚上面。

在我們國中畢業的那個夏天，珮甄和張書豪分手了，原因不知道，只知道珮甄突然找他不到，他既不住在家裡、也不再使用原來的門號了。珮甄傷心了整一個夏天，然後在新的高中裡繼續談起新的戀愛；從那之後我們的感情開始變淡，走在我們身邊最好的朋友變成不再是彼此。我們被彼此新的好朋友替代。

關於這點我們是有點彆扭的，畢竟從國小到國中都是彼此最好的朋友，一起上課，一起放學，一起討論初經的來潮，一起從小女孩轉變成爲小女生，我有提過嗎？國小升國一那年夏天我們還一起去剪去了長髮，因爲媽媽說要專心讀書什麼的，所以要我去把長頭髮剪掉，我於是一路哭著去找珮甄，於是她很夠朋友的陪我一起去剪掉她的長頭髮。

一起走過童年也一起幼稚過的朋友，好朋友。

走在我身邊、坐在我對面的好朋友開始變成是蔓羚，和珮甄完全性不同的是，蔓羚比較強勢比較獨立比較懂得追求也比較明白自己要的是什麼不要的是什麼，她總是在第一時間說YES or NO，於是我才知道原來我也可以變成是這樣子的女生；藉著蔓羚我慢慢變成現在的這個我自己，不再那麼膽小那麼怕事那麼害羞，後來愛上隔壁班的峻翔之後，我終於完整的變成現在的這個我自己：完全不膽小完全不怕事也完全不害羞。

是的沒錯，我愛過峻翔，順道一提，我也愛過泡泡，好啦怎樣？

初上高中的那一陣子，雖然斷斷續續還是有些追求者，不過我幾乎是偏執的迷戀上峻翔他們那種外表白淨斯文又擅長打扮並且個性十分好相處的俊美型男生，後來我有點鬆口氣的發現這很可以怪罪給魏銘毅：他惡整我也嚇壞我了，眞的，於是我開始極端的迷戀上和他完全相反類型的男生，事後都變成好朋友的同志男生。

然後是凱燁的出現，高二那年夏天，我記得很清楚。

凱燁是蔓羚打工餐廳的同事，大我們三歲，是那裡的實習生，就讀高雄餐飲學校；凱燁人很和氣很好相處也很體貼細心，他開始頻繁的出現在我們的生活中——我們四個人，我們聚餐也一起、旅行也一起、唱歌也一起、喝醉也一起、胡鬧幼稚也一起；然後是那個夏天結束的時候，凱燁向我告白，說眞的、是有點彆腳的告白，不過我點頭，然後微微笑（好啦，很有可能是傻笑啦，可是誰在乎？），於是我們相愛。

於是我有點驚訝也有點高興的發現到：我終於擺脫了國中時的陰影。因爲嚴格說起來，凱燁和魏銘毅是有點相似的人種，他們都是運動型的高大男生，只是差別在於凱燁沒有那麼帥而且比較壯也比較黝黑，而且重點是，我完全不覺得他會興致一來就拿桶水潑我（雖然在海邊時他會這麼做，不過我想在海邊時大家都會這麼做吧？），或者把我的腳踏車吊在腳踏車棚上（不過說眞的，究竟有哪個神智正常的成年人會這麼做呢？我的意思是除了國中時魏銘毅那群不正常的神經病之外，眞希望他們變成神智正常的成年人之後不會再這麼做了！混帳！）。

無論如何我們相愛。

我們被彼此的朋友熟知，我們甚至被彼此的家人熟知，我們以爲未來的每一天都會像那時候的每一天一樣。

凱燁當兵時，我們三個人一起去成功嶺看他，凱燁休假時，我們三個人一起坐在桌子的旁邊和他吃飯，接著凱燁退伍，他說他找到了在墾丁的渡假旅館的工作，因爲他發現他愛上衝浪；雖然當時蔓羚告訴我，叫凱燁去找東北角或者宜蘭的渡假旅館，因爲那裡也可以衝浪，而且重點是離台北比較近，不過我沒說。因爲我看到凱燁當時臉上興奮的表情而蔓羚沒有，我想這就是其中的差別。

我們開始南北相隔，不過這沒有問題，因爲我們三個人還是高興能夠藉此常常跑去墾丁找他玩；可是慢慢的，我們大學畢業，我們必須工作，我們不再有那麼多的時間可以南下一趟去找他玩，有時候我會南下墾丁去找凱燁，可是這機率通常不多，因爲我只有週末可以南下，而凱燁週末通常禁假（服務業的淡淡哀傷）；於是比較頻繁也比較合理的是凱燁休連假回台北回家以及找我。

可是漸漸的，凱燁回來的時間變少了，因爲從墾丁回台北是眞的耗時也耗神，雖然我知道他還愛我而我也還愛他，雖然我知道我們之間並沒有也不會有第三者的存在，但是、我不知道；蔓羚還是時常叫我要凱燁去找東北角或者宜蘭甚至花蓮的觀光旅館，而峻翔則依舊時常不正經的在公開場合故意嚷嚷：『既然今天妳男朋友不在的話，就回我家一起睡好了。』

於是現在，我們又重新變回三人組，我們吃吃喝喝，我們四處旅行，我們一起唱歌，繼續胡鬧也繼續幼稚；我們在峻翔家喝他個醉，從客廳嘔吐到浴室，再從浴室嘔吐回沙發，然後隔天被峻翔擺臭臉；我們還是會談起遠在國境之南的凱燁，以及我們南北相隔的距離，和愛情。

我還是會告訴他們：別擔心，因爲我們相愛，我們還相愛。反正現在科技很方便又人性化，不是嗎？

而今天，凱燁說了要回台北卻又爽約，因爲衝浪，他最愛的衝浪，於是此時，我聽著當年那個潑水狂兼吊腳踏車的混帳問我：我是魏銘毅妳記得嗎？妳的國中同學！我們同校不同班！而我的反應是逃跑，連想也不想的立刻就轉身掉頭、拔腿狂奔。

於是我才知道，當年那個膽小的怕事的害羞的小小居佳欣還是存在於我體內我心底，而、媽的！這是久違的第一次，我眞的眞的好希望凱燁就在我身邊，立刻的馬上。

這是眞眞切切的第一次，我很介意凱燁他熱愛衝浪甚於我。

第三章

Blue Monday。

死公務員的Blue Monday，午休前的十分鐘，Blue Monday的最高峰；此刻死公務員我正以最低限度的禮貌，對著櫃檯前的這男的說：

「所以你現在是試圖想要告訴我，你要來領我們推廣子宮頸抹片活動的頭獎機票？」

『對，兩張上海的來回機票，我上星期有先打電話來問，』他遞上一紙公文信封，他不明白我的明白，他問：『這是你們寄來的中獎通知函和身分證。怎麼了嗎？』

「怎麼了嗎？」我提高音量重複他這四個字，我得承認我是有點樂壞了：「讓我告訴**先生你**現在的情形是怎麼了：現在你是試圖想要說服我，你身體裡有道子宮頸而且你去做了抹片檢查並且還參加了我們的推廣活動而現在**您老兄**還抽中了頭獎機票？」太棒了我愛死了！我在空氣中比出電話的手勢，故意用扁扁的聲音說：「警衛！把這騙子帶走！或者檢查他所謂的子宮頸在哪裡！如果有的話，我再自費加碼他三晚住宿！」

『我不、我！』他老兄這下子懂了，紅著臉又急又羞的解釋：『是我老婆抽中頭獎，我只是來幫她代領而已！』

「當然現在你是會改口這麼說。」

他窘得幾乎都要跺腳了，我發誓我如果再稍微捉弄他一下的話，他眞的就會跺腳了，因爲此刻這大廳裡的所有人都衝著我們看笑話；看著他整個漲紅了的微禿鵝蛋臉，我稍微分心的決定等一下去吃個蛋包飯好了。

我有提過嗎？我愛死了我的這份無聊工作了！

他還在解釋：

『我上星期有先打過電話來問，你們說不限定本人來領獎！』指著櫃檯上的兩張身分證，他好激動：『我眞的是來幫我老婆領機票的！我從頭到尾都沒有說中獎的人是我！』

我知道，因爲上星期那通電話就是我接的，我只是不滿意這傢伙偏偏選在午休前十分鐘才衝進來辦事而且看起來還有那麼點不好說破的好欺負，所以才故意捉弄他一下而已。

「那你要早說啊！」

『我一開始就——』

不理他，我轉身替他開始辦理這領獎手續。

11：58

微笑著目送子宮頸先生離開並且還跟他說聲旅途愉快以及提醒他、不是只爲了抽獎而是爲了健康著想，要盯著老婆繼續每年一次的子宮頸抹片檢查喲！之後，我捉起包包準備外出去吃我的蛋包飯時，我的手機響起，劈頭我就說：

「新婚生活如何呀？新郎官？」

『還不就那樣，不然應該要怎樣？』

「這我哪知道，我是結過婚了咧。」

我嘖了一聲，然後莊大嬸好愉快的哈哈笑了起來，等他笑個夠之後，他好八卦的欸欸欸說了起來：

『跟妳講喔！喜宴上我有個朋友對妳很有興趣——』

「是啊，喜宴上我們也好八卦的知道原來你對我們班好多女生都好有興趣！」噗哧笑：「當然我是不相信，所以只是想確認一下：你真的連峻翔也追過？」

他立刻爆出一堆真性情的、不適合在公開場合講的動詞、名詞和形容詞。哈哈哈，哈哈哈，不理會我好誠懇的哈哈哈，他決定不管這個白痴話題了、自顧著繼續說：

『嚴格說起來是我老婆初戀情人的弟弟，她因爲這樣所以高中的時候變成是全校女生瘋狂嫉妒的對象，不是說她的初戀情人這樣那樣，而是因爲她初戀情人的弟弟是當時候的校草，而她因此跟校草變成是好朋友，而且更好笑的是，他們分手之後，她反而跟他至今還是好朋友。』

「他她他她，你的表達能力還眞是好，而且說了這麼多廢話卻完全沒有說到重點，你究竟如何辦到的？這對你推銷房子的工作到底會不會造成影響？」

『好啦，』莊大嬸悶悶的咕噥了幾句，但隨即又自嗨了起來：『反正呢，結束的時候我們在收拾東西清點算錢什麼的，他向我問起妳的事，然後呢，我立刻就很給面子的推銷、居佳欣是我們高中時期的沈佳宜喔！說到這，妳那天把自己弄成那髮型是幹嘛？什麼事情不開心嗎？』

「別提那髮型了！我昨天去燙直了！」

『妳的確是該這麼做，昨天我老婆在看照片的時候，也很納悶的問：這女的是誰？幹嘛戴假髮來吃喜酒？而且還是那麼奇怪的假髮——』

「我要掛電話了。」

『好啦對不起啦，剛講到哪？喔對照片，這傢伙就是那天幫我們拍喜宴花絮的人，我這會兒又忘記他名字了，不過我猜他應該是妳的國中同學，因爲他說國中的時候妳也是個沈佳宜沒錯！』

「悲慘版的沈佳宜。」

『什麼？』

「沒事。我知道你在說誰。」看著此刻就站在櫃檯前的魏銘毅，我試著鎮定的說：「我猜你告訴他我在哪工作對吧？」

『對啊！他問我、妳現在有沒有男朋友？我說妳高中的時候是有個男朋友不過現在的話我就不知道了；接著他又問我能不能把妳的手機號碼給他？這個嘛我就不知道妳願不願意了，所以我就乾脆告訴他、妳的工作地點讓他自己去問妳好了。』

「你乾脆給他我的手機號碼讓他打來問我可不可以要我的手機號碼好了。」

『對喔！我怎麼沒想到！』

「再見，」還有，「幫我報警！」

『什麼？』

算了。

低頭我掛了電話，抬頭，我勇敢的把視線迎向魏銘毅，我看著他微笑的說：

『妳好像很喜歡報警，半個小時不到，妳就說了兩次報警。』

他在這裡多久了？

「你在這裡多久了？」

『大概是從那個無辜的男人被妳爲難之前不久吧、我想。妳變了好多。』

儘管他還是一臉的微笑，不過我已經開始痛恨自己當下這麼慶幸：還好我現在是搭捷運上下班、不再是騎腳踏車了！不行不行，我已經不再是從前那個任人欺的居佳欣了！我趕緊這麼提醒自己，然後試著這麼伶牙俐嘴：

「我想你指的應該不是我的髮型吧。」

『不，當然不是。不過妳那天爲什麼要把頭髮弄成那樣？我其實第一眼就認出妳來，不過那髮型讓我很不確定，而且現場又那麼吵。』

「太棒了！十分鐘之內被兩個人嘲笑我那天的髮型。」算了是我自找，什麼不提提舞棍阿伯的髮型！「好了，眞高興遇見你，再見，我要去吃午餐了。」

然後，是的，他伸出手拉住我手臂，這讓我狠狠地嚇了一大跳嚇得整個人往後縮；我痛恨自己當下立刻檢查他手邊有沒有一桶水或者一顆籃球，我痛恨我居然開始想要大聲哭泣。

我趕緊捂著嘴巴以防止自己眞的大聲哭泣。

『嘿！抱歉嚇到妳。』確定我站穩之後，他才放心了似的繼續說：『滿好玩的，我們國中同學了三年，不過這居然是第一次說話，原來妳的聲音是這樣。』

「是啊，說得好像我有機會開口說話似的。」

『嗯？』

「沒事，我是說，對啊，原來你的聲音是這樣。」

『呵，一起吃個飯好嗎？』

一起吃個飯好嗎？和他魏銘毅嗎？我的意思是，第一次看到他就被他K了籃球在我後腦勺，之後還潑了我那麼多的水、吊了那麼多次的腳踏車的多年之後嗎？是啊當然於情於理我們都應該一起吃個飯啊！

開什麼玩笑啊、混帳王八蛋！

「開什麼玩笑啊！混帳王八蛋！」

我簡直不敢相信我就這麼吼了出來，是的我眞的就這麼把這句話吼了出來，我失控的吼著眼前這個我國中時候的惡夢，管他從國中到高中都是校草的他媽的惡夢：「和你一起吃個飯？在你那樣子霸凌我之後？」

『霸凌？』

他看起來一臉的無辜，好像根本搞不懂我在說什麼似的，有那麼一忽忽的時間，我恢復鎮定的和他四目相對，心想或許從頭到尾都是我自己搞錯了認錯人了嗎？

第一次那陽光下的高瘦身影，很多很多次我溼答答的抬頭遙望著站在三樓得意洋洋的笑臉，更多更多我絕望的看著吊起的腳踏車時他卻拉風的從腳踏車棚呼嘯而過的神采飛揚，有沒有可能是我看錯人了？因爲我好像其實從來沒有（也沒可能）仔細看過他的長相，難道從頭到尾都是我——不對不對，就是眼前這混帳東西沒錯！我漏掉好幾次他站在樓梯轉角、襯衫還開了三顆鈕釦的畫面，那是我難得能夠不狼狽地看著他的時候，雖然每一次我都驚恐的立刻掉頭快步走掉就是了。

就是他沒錯，他還是國中時的那個魏銘毅，好看的長相，高瘦的身材，只是從男孩變成男人這樣；他的確是個迷人的傢伙沒有錯，只是他骨子裡卻是個糟透了的愛欺負人的混帳東西，而我恨他。

我告訴自己要冷靜，不要一直覺得他的黨羽會隨時從他身後冒出來聯手欺負我。

我冷靜。

「是的，霸凌。」我冷靜的告訴他，像是在對小學生解釋似的，我試著冷靜的說：「通常我們沒事就往別人身上潑一桶水叫作霸凌，或者可能只是爲了好玩或者練習臂力就把別人腳踏車吊起來害她只能走路回家被媽媽罵到臭頭先後買了三台腳踏車叫作霸凌，順道一提，第一次見面就往對方後腦勺K球也叫作霸凌。」

『喔，那些啊。』

他笑了起來，他天殺的居然暖暖的笑了起來，彷彿那些他媽的不是霸凌、卻是我們之間好溫馨的青春回憶，如果拍成照片的話，還會用暈黃的光圈來表示。

再打上柔焦你看怎麼樣？太棒了我愛死了！

我受夠了！

我恨他，不再是怕他。在那一秒鐘我突然明白到這一回事，終於不再怕他的居佳欣連自己也驚訝的是居然就這麼好順手的伸手刷了他一巴掌，然後，好啦，在他還沒反應過來那一巴掌——那非常有情緒的一巴掌——之後，理智搶先回到我的腦子裡，而重新回到現實的居佳欣，她拔腿快跑，她再一次拔腿快跑。

逃跑

『再告訴我一次，爲什麼妳這個下午突然要請病假不上班？』蔓羚問。

此刻我們正坐在她公司的車子裡，名義上是試乘新車、但實際上是她蹺班陪臨時出現在她們接待中心的我喝下午茶壓壓驚。

「因爲生病這種事情通常我們是沒有辦法預先知道的、在合理的情況之下。」

『是啊，突然手心癢或者手心痛就是，所以我們現在是要去看皮膚科還是傷骨科？』

「白色甜點屋，謝謝。」

我沒好氣的說，而蔓羚則快樂的繼續這話題：

『妳確定嗎？我覺得我們很有立場開車去撞這個……妳說他叫作什麼名字？』

「好了啦。」

『真的喔，畢業紀念冊後面有他家地址嗎？這次換我們去堵他！』

「石小姐。」

『好吧。』

白色甜點屋，兩份檸檬塔和兩杯熱拿鐵，以及、是的，蔓羚還不想放過的這話題。

『國中男生有多幼稚我不是不記得，不過這位校草先生？哇嗚！未免也太有幽默感了吧！』

「……」

『所以現在回想起來，他潑妳水是因爲想多看妳一眼，而吊妳腳踏車是因爲想多留妳一會兒嗎？』

「……」

『天啊！我遇過的沈佳宜不少，但妳還眞是我遇過最悲慘的一個耶！』

「……」

『所以呢，妳打算怎麼辦？如果他再來找妳呢？』

「反正不會是開車撞他。」

『那一定要找我！』

「好啦我開玩笑的啦，不過我真的不覺得任何人在公開場合挨了一巴掌之後還會再出現。」

『嗯，不過如果妳改變主意想要開車撞他的話，我隨時奉陪！』

「喂！」

喂！

『妳有告訴凱燁嗎？』

「沒有，告訴他幹嘛？而且他還在上班，他上班時間是不看手機的妳忘了？」

『倒也是，不過搞不好他會緊張的立刻衝上台北來確認他女朋友沒有被萬人迷把走啊！』

「是啊，我就記得凱燁是這麼浪漫的人沒有錯！」

『是啊，而且他總是把女朋友擺在第一位。』蔓羚得意的笑著說：『不過，如果他人在台北就好了，起碼他可以陪妳上下班什麼的。』

「妳可能是又忘記他在旅館上班，我想我們的上下班時間不太可能會一樣。」

『起碼——』

又來了！沒辦法，於是我轉移話題：

「跟妳說，那時候我眞的很希望班上能夠有個誰站出來伸張正義，甚至是幫我去跟他們那幫人說、不要再這麼做了！眞是爛透了！可是都沒有，不知道爲什麼都沒有，反正後來也結束了，然後我們畢業了。然後因爲妳我遇見凱燁，當我第一眼看到他的時候，我眞的眞的覺得他就是那種會站出來保護我的人、我是說如果當時候我們就遇見的話。」

『是啊，我也相信凱燁確實是會這麼做的男生，那時候他幫了我不少忙、擋掉好多職場性騷擾，而他其實也可以裝作沒看到，畢竟實習成績什麼的。』

蔓羚同意的說，接著又回憶了當時候那些老愛找她這個小小工讀生開黃腔的歐吉桑或者手腳不乾淨的男客人。

我們各自沉默了好一會兒、專心享受檸檬塔搭配熱拿鐵之後，蔓羚才又說：

『這間白色甜點屋好久了，妳記得我們從高中的時候就很常來嗎？』

「是啊，因爲這裡有我們吃過最好吃的檸檬塔，雖然咖啡是還好而已。」我笑著說：「那時候我們常常看著那些穿著緊身OL套裝、腳踩著細高跟鞋、臉上化著俐落彩妝的女人覺得好羨慕，想像著長大以後我們也要像她們一樣！」

『當時的以後變成了我們的現在啦！除了套裝沒有很緊，鞋子是低跟的，臉上只有最快能夠化好的底妝之外。』

「有時候我會只搽防曬。」

『什麼話都要接就是了？』

哈哈。

『於是我才知道，或許當時的她們其實也很羨慕我們呢，起碼現在的我非常羨慕當時候的我們。』

「總是這樣的，羨慕別人擁有的，卻忽視自己擁有的。」

『是啊，我也眞羨慕凱燁，有一份不討厭的工作，時不時還可以站在他最愛的衝浪板上衝上浪頭，如果我也像他的話，現在也不會為了五斗米折腰，而是專注於我的手作羊毛氈囉！』

「然後把自己窮個半死嗎？」

『等我賺夠之後我就會來開個我的羊毛氈小店！才不在乎生意好不好、夠不夠市場的那種必須要符合公平交易法的手作羊毛氈小店！』蔓羚雖不服氣卻又著迷的說。然後，是的，她又來了一記回馬槍：『對啦，確實把女朋友和好朋友冷落留在島嶼的另一端是比較好的選擇啦！』

好吧！我總是說不過這女人。我於是快快求饒：

「好好好，凱燁有說他真的很抱歉那天鬼迷心竅晃點我們，他下星期會回來請客賠罪，然後他還問我們要不要找個週末去墾丁玩，他可以幫我們升等客房，我們可以一起吃個晚餐然後去沙灘喝啤酒什麼的，他下個月輪白天班。」

『好啊，當然，我再和峻翔喬時間。』把剩下的檸檬塔吃掉、熱拿鐵喝乾，起身，蔓羚說：『真懷念大學的時候我們夜衝墾丁的美好時光啊！雖然想都別想升等客房這回事、因為住的是最便宜的民宿，不過，嗯。』

「是啊，現在可以升等豪華客房了，不過司機卻去了罷丁。」

『哈哈。』丟了三張鈔票在桌上，蔓羚說：『不用上班眞幸福，不過現在呢，我還是得回去賣車子了。妳看要不要去看個電影等峻翔下班一起吃晚餐，然後再去逛個街等我下班一起去唱歌喝酒。』

「是啊，然後再從錢櫃一身酒臭味的直接走去上班嗎？」

『我有說過我愛死變成大人這件事情了嗎？』翻了個白眼，蔓羚說：『對了，要不要叫我哥明天陪妳去上班？萬一那位迷人的騷擾者還站在妳公司門口痴痴的等妳之類的。』

「棒啊！而且嘴裡還咬著一朵帶刺的玫瑰花是吧？」我翻了個白眼：「好像我不知道行政職的警官並不會配槍和電擊棒喔？」

『但他在警大有學過擒拿術啊！』

還眞的咧。

「不用了啦，我覺得他不會再出現了啦，只是因爲突然又遇見、所以一時興起而已吧。」

像他那種人要應付的女人應該一大把，我是說如果他的思考模式變成正常人並且疏離當時那群同樣腦子不正常的黨羽的話。

『要賭嗎？』

「賭什麼？」

『妳輸的話，我們就開車撞他。』

「那妳輸的話呢？」

『也是開車撞他。』

「妳眞的很著迷開車撞仇人的這畫面耶。」

『不然妳以爲我幹嘛選擇去賣車？』

「呿。」

呿。

第四章

雖然理智上也隱隱感覺魏銘毅是不可能會等在門口堵我，但是情感上我卻還是很俗辣的預先告訴蔓羚她哥、如果上班十分鐘之後我沒有line他的話，請記得立刻帶八個配槍同事來確認我的安危。

8:10, line

——safe~!

——所以是怎樣？

——沒事，是我們想太多。

——無聊。對了，我妹到底有沒有男朋友？上次帶我同事去找她買車被電到。

——不曉得和那個曖昧的對象後來怎樣了。幹嘛不直接問她？

——我不敢。

——我也不敢。

——這就解釋了一切。你有告訴你同事、她的寵物是蜥蜴，而且睡覺還會幫牠蓋被被？

——蜥蜴怎麼了嗎？我也養刺蝟啊，牠還會陪我一起看書。我女朋友可沒說什麼。

——沒記錯的話，你女朋友她養的是蛇？

——我看不出來這有什麼問題。

好吧你說了算。

——好啦我要爲民服務了，再聊。

——OK我也要維持社會秩序了，對了，我妹有告訴妳、我現在的業務是負責民眾投訴的督導嗎？

——有啊，幹嘛？

——所以說妳不要再刁難沒有子宮頸的男性公民了，眞受不了！

——好啦，囉嗦。

這對兄妹未免也太無話不聊了吧？

——那、午休十分鐘之後如果妳沒line我的話，要不要派八個配槍員警去確認妳的安危？

——派八十個來你看怎麼樣？

——那下班的十分鐘之後呢？

——再見啦！

嘖！兄妹倆同樣壞嘴巴是怎樣？

坦白說如果不是被蔓羚哥壞嘴巴嘲笑的話，本來我是想打算保險起見告訴他、午休後十分鐘再等我的line沒錯！不過這會兒看來確實是我想太多，整個早上沒出現，午休也沒有出現，於是我很愉快的去吃了昨天午餐沒吃到的蛋包飯，回辦公室還瞇了半小時之後，就把這整件鳥事情愉快的拋到後腦勺去了。

我一直保持愉快的心情直到下班的時候、遠遠的看見魏銘毅出現在門口爲止。

我很難解釋當下的心情，因爲在我想像中的這一幕是我會大聲高喊「報警！」，接著一邊逃跑一邊line給蔓羚哥，可是結果我沒有，因爲我遠遠的看到魏銘毅他人就坐騎在腳踏車上，而且腳踏車的手把上還掛了個空盪盪的水桶；在這人來人往的大門口，這笑點應該只有我們兩個人才懂，因爲此刻只有我們兩個人在笑。

『這是妳第一次對我笑。』

他遠遠的對著我喊，而我很驚訝的發現自己正在朝著他走去。

「那大概是因爲這台腳踏車不是被吊著的，不過我還是很希望你能夠離這水桶遠一點，心理陰影、你知道的。」

『嘿！我很抱歉，眞的很抱歉。』他笑了開來：『去選個喜歡的水龍頭，這次換我讓妳潑回來，然後我再幫妳把我的腳踏車吊起來。』

「那你還是漏了籃球。」

『嗯？』

「我們第一次見面的時候，你立刻就用籃球K我，在操場上，體育課。如果你還記得的話。」

『沒錯我記得，天啊我以前眞偏差！我也搞不懂我以前是在想什麼，八成是腦子還沒發育好所以整個人呈現弱智的狀態；而這是有醫學根據的，青少年時期的腦子確實還在發育中沒錯　』

「這個道歉聽起來比較有誠意。」

『如果妳想聽的話，我還可以說更多。不過、那並不是我們第一次見面。』

「嗯？」

『讓我請妳吃晚餐賠罪好嗎？然後我會告訴妳、我們第一次見面的情形。妳會想聽的。』

這樣好嗎？我想立刻打電話問問蔓羚，或者峻翔，不，或許我應該立刻問凱燁，我們交往以來、我從來就沒有單獨和男生吃過晚餐——峻翔除外、當然。而他呢？雖然沒問過、但我相信他也是沒有的。

所以這樣好嗎？

可是我說好，在三秒鐘的遲疑之後，我聽見我自己說好。

這又不代表什麼，對吧？

是啊、確實我會想聽的，這混帳！

前半部分聽來還滿不錯的、其實，關於我們第一次見面的情形，雖然嚴格說來是他第一次注意到我才對；當時的情形是這樣：國中的朝會，全校學生在操場上做體操，而他無聊的東看看西瞧瞧，接著視線定在他的左前方、也就是我們班上的我和珮甄，因爲我們站在班上女生第一排最右側，而他是男生第一排最左側。

『視線往左的話，第一眼就先看到妳們，是角度問題，不過主要是因爲頭髮。』

他注意到我們的頭髮，非常直的耳下妹妹頭，不知何故會讓他直接聯想到我們是手牽手走進髮廊把及腰的長直髮一刀剪短的畫面、我們兩個人都是；長度、直度、厚度都一模一樣，簡直就像是複製貼上似的一模一樣，還站在一起，更是顯眼。

「確實我們是手牽手一起走進髮廊剪的沒錯，不過我是被我媽逼的，說是要我專心念書什麼的，而珮甄是義氣相挺陪我去的。順道一提：我們連國小都是同班級。」

我解釋，然後催促他趕快把眼前的濃湯喝完，因爲我注意到服務生已經在等著要上義大利麵了。

截至目前爲止的回憶我都還滿喜歡的，甚至還有點懷念了起來，沒想到那麼平凡尋常的一幕會被當時陌生的男同學仔仔細細的記了下來直到現在，而且透過他的敘述他的口吻、被形容得像是一幕電影畫面的感覺。

不過接著，是的他說：

『不過我之所以會知道那個女孩是妳，是因爲接著妳的內衣就爆開來，好像是因爲體操哪個動作太大了什麼的吧，反正一開始妳好像還沒發現的樣子，是後面的女同學拍了拍妳的肩膀，接著妳轉頭看了一眼，然後倒抽一口氣羞紅了臉，最後妳抱著肚子而張珮甄幫妳擋在妳背後就這樣妳們走掉。妳當時是假裝胃痛對吧？』

「誰會記得這種事！」我惱羞成怒的說，然後再一次催促他：「快點喝你的濃湯啦！」

混帳王八蛋！

濃湯撤下（終於！）換上義大利麵，看著他的紅醬海鮮燉飯送上桌時，我立刻後悔剛才倒是幹嘛要點白酒蛤蠣麵？那燉飯看起來好好吃，問他分一點讓我嚐嚐好嗎？趁他還沒有動叉子的時候。

『妳後來考上哪裡？』

他問，然後把叉子往燉飯叉了一口送進嘴裡。可惡來不及！

「你的燉飯看起來很好吃，可以分我吃一口嗎？我是說如果你沒有A型肝炎的話。」

我差點就要這麼脫口而出了，不過還好我沒有，雖然我眞想這麼問他！我告訴他我的高中和大學系所，接著他放下叉子問我現在的這工作。

你不吃的話我跟你交換好了，燉飯涼了會不好吃喔！

我恨我自己還是滿腦子燉飯。

「畢業那年就接著開始了。」我說，而他露出驚訝的表情，就像所有人一樣；我笑著說：「因爲是大學的時候就開始準備公務員考試了，不是大二就是大一吧、我想，那時候我問班上有沒有人要和我一起去報名補習班不過都沒人有興趣，倒是已經在打工的人還眞不少。」

『所以妳很早就立志要當公務員？』

他還是滿驚訝的，而且還是沒有再繼續碰燉飯，我看不出來公務員的話題哪點比得上眼前這燉飯？

「沒有人會很早就立志當公務員吧？我是說除了那些政客之外。沒有啦我不是在說我往後想從政，很單純的只是因為我爸媽都是公務員然後我爺爺是職業軍人，拜託現在就叫我閉嘴不然我會開始跟你聊十八趴而且還聊很久！」

『呵，滿務實的嘛。』

「可能也只是沒想過要當什麼吧，對了！」我還是忍不住了：「你的燉飯看起來好好吃喔，可不可以分我吃一口？」

『好啊、當然。』

挖了一匙邊邊的燉飯，喔該死該死眞是好吃，我眞高興剛才自己鼓起勇氣問了！乾脆星期五晚上和峻翔改約這裡好了！我怎麼會不知道公司附近有這麼一家小店賣著這麼美味的燉飯？

我忍不住又挖了一口。

『喜歡嗎？我跟妳交換好了。』

「不用啦！你的幾乎都沒有動而我的已經吃掉一半了，」而且我不知道你有沒有A肝，那是透過口水傳染的你知道嗎？「你倒是吃這麼慢是怎樣？難道是有偶像包袱嗎？」

『是啊，我從小就立志要當偶像，現在每天都忙著自費當臨演而且還不用幫我訂便當沒關係。』

我忍不住笑了起來，真沒想到這傢伙居然還滿好聊的嘛，而且他還可以捉住我講話的調調了；我還是跟他交換了燉飯，然後在心底痛罵自己居然在捨不得還沒吃掉的那些蛤蠣。

「沒有啦其實我曾經想過要當甜品師，也因此跑去上課學做甜點，」但是、哎～好麻煩呀，要事先準備很多材料還有事後要洗一堆鍋子啊模具什麼的，而且廚房是真的熱地板又常常滑滑的感覺很容易跌倒，「對啦！確實我是滿務實的、這麼想來。」

『看不出來妳喜歡吃甜點。』

「怎麼說？」

因爲我已經把燉飯吃完了而且正在盯著你盤子上的蛤蠣嗎？

『身材，妳不胖。』

「喔，因爲是喜歡吃但總曉得適可而止——喂！」我讀出他的眼神此刻正在無聲的告訴我什麼，「別再提國中做體操的事了，眞是的！」

眞是的。

「那你呢？」

我問他，接著我知道他後來念的高中（分數沒有我的高）以及大學科系（居然是我當年考不上的？！），然後接著他推甄上研究所，現在是心理系研究所碩二的研究生，他的目標是心理治療師。

「不好意思不過……」我試著遮掩口吻裡的驚訝，不過我發現這很難辦到，「不過你高中三年是不是發生了什麼事？我的意思是、呃，你國中的時候呃……」

他又笑了開來。

我有提過嗎？他笑開來的樣子很陽光很好看，我看過很多像他這類型的好看男生無論是明星或者路人、不笑的時候或者微笑的時候很帥很型很潮很電眼很迷人，但一笑就……呃，就會想要告訴他、不笑也沒有關係或者就乾脆盡可能保持微笑就好還有、好吧！拜託不要笑得那麼假好不好？是每天在鏡子前練習出來的那種假、我的意思是。

而他其實也是，他不笑的時候酷酷的很帥，不過一笑起來感覺好像完全換了個人似的，變成一個好相處的大男生、不是在鏡子前每天練習的那種。

『我想我剛才說過了，』他故意裝出一臉的無辜：『我國中的時候腦子還沒發育好、或者是剛發育好只是我還不曉得要用來想一想思考一下，不過還好是高中的時候終於想到該怎麼使用腦子了。』

「那怎麼會想要考心理系？甚至是心理治療師？」

『喔，純粹是有天看電影還是影集時覺得這職業很酷，然後意外發現我對心理側寫這方面的書和資料很有興趣，所以就把目標定在心理系、管他哪個學校都可以，接著大概是妳在認眞準備公務員考試的時候，我在大量的尋找心理治療師這工作的資訊，然後現在，我是研二生，不過我得小聲的告訴妳：其實我們還滿涼的、比起工科或者得每天在做實驗的研究生而言，只要把論文題目訂好，然後到處跑收集資料題材。』

「聽起來滿有趣的。」

『想念嗎？』

「嗯，還眞的是有想過，不過一想到要寫一整本自我介紹和讀書計劃就……我有說過我好討厭自我介紹嗎？」

『我可以幫妳寫。』

「不用啦，我想我還是繼續寫寫公文就好。」

『坦白說我有時候會覺得公文很像寫給古人看的文言文。』

「坦白說很多洽公的民眾也這樣說，但我還是繼續寫給古人看。」

『古人怎麼稱呼子宮頸？』

「好了啦！那天是Blue Monday好不？而且我剛好血糖低所以……絕大多數的時候我服務民眾的態度都是很溫馨的好不好？」

『好，妳說了算。』

哼。

主餐撤下，換上餐後飲料時，他提議：

『我們下次去個哪吃好吃的甜點要不要？』

下次？哪個下次？我們還會有下次嗎？或者應該說是：我們應該要還要有下一次嗎？

「這個嘛……」我爲難著該怎麼回答，我們是聊得很愉快沒錯，而且他原來也並不是國中時那麼行爲偏差，可是這樣好嗎？會不會有個什麼奇怪的誤會呢？我不確定，也不是很想心煩確定。就像他說的，我是個務實的人無誤。

「當然是好啊，不過我這週末都有約了。」

『了解。』

他紳士的說，然而那眼底的期待交錯著失落的神情卻還是讓我覺得有點於心不忍、好像自己也沒有必要這麼拒人於千里之外的那種於心不忍。

當然他國中時是行爲偏差，不過那又不代表他是喜歡我，而且就算他當時可能是喜歡我卻表達錯誤，不過那又不代表他現在還喜歡我，或許他只當這是老同學的意外重逢所以很是歡喜，更可能他根本早就有女朋友了、我眞是胡思亂想想太多。

我在心底囉嗦了這麼一堆，然後說：

「不然我們去吃炒蛤蠣好了！」

『吭？』

「炒蛤蠣，我剛剛點白酒蛤蠣義大利麵其實只是想要吃那裡面的蛤蠣而已，不過蛤蠣都被你吃掉了……」

『妳不早說！』

「……」

『眞像小孩子，喜歡吃甜點還喜歡吃炒蛤蠣。』

他笑著說，然後伸出手來在我臉前作勢捉了一把空氣。

這樣太犯規了。不知道爲什麼，當下我的腦子裡出現的是這六個大字。

第五章

『然後你們就接著去熱炒店吃炒蛤蠣嗎？』

峻翔問，而我說：

「是啊，而且還點了兩杯生啤酒配著喝，因爲只點一盤炒蛤蠣實在很奇怪可是又已經吃飽了。沒有啦！然後我們就在捷運站告別各自回家啦。」

『眞可惜，感覺好像可以接著再去陽明山看個夜景之類的，當然我不是指他騎腳踏車載妳上陽明山，這樣的話就太浪漫了。』

「是啊，我是說如果騎得上去的話。不過你指的是手把上還掛著水桶嗎？」

我沒好氣的說，而峻翔則哈哈哈的笑，眞是的。

不過眞的是很有那感覺的一個夜晚、那個晚上，當他提議要不要接著去吃炒蛤蠣、而我發現自己拒絕得有點非自願時；如果換成是凱燁的話，我們一定就接著這麼做了，而且就像峻翔說的、接著可能還上陽明山看夜景沒錯、管他明天要上班，反正偶爾少睡一點又沒差。

我甚至可以明確的想像出我們會去的就是陽明山上的《屋頂上》，在搭捷運回家的車上，我突然激烈的好希望凱燁他此刻就在，在我身邊，不是那麼遠，不是起碼三個小時車程的遠，不是隨時想見就能見面的遠。

我突然有點氣他。

「你覺得我要跟凱燁說嗎？」

『不用啊！只是跟國中同學吃個飯、爲什麼要特別說？難道你們有怎麼樣嗎？』

「當然沒有啊！」

只除了在捷運站聊掉兩班車，以及回家之後line各自的共同回憶。我該跟峻翔據實以告嗎？可是我們又沒有怎麼樣。

『所以妳會點燉飯是吧？那我點白酒蛤蠣義大利麵好了。』看著菜單、峻翔對服務生說，『然後飲料是兩杯熱咖啡。』

『我的蛤蠣都給妳吃吧！』峻翔說，然後話題一轉、好哀怨的說：『前一陣子呢、在101等電梯的時候，我也偶遇大學時候暗戀的男生，然後呢、我鼓起勇氣跟他搭訕，自我介紹說是我們同一個大學，不過我還沒提到大學時我暗戀他暗戀得要死這件事情的時候，我的柔柔少女心就整一個匡噹噹的破碎掉。』

「怎麼說？他恐同？」

『不，不不，根本還沒聊到那裡，而且他樣子也還滿帥的，而且原來他比我想像中的還要友善才不像外表看起來那樣酷酷的不理人，只是，』嘆了口氣，峻翔說：『只是他講話伊喔。』

「伊喔？」

峻翔稍微模仿了一下伊喔的講話法，這讓我忍不住笑了出來，而他依舊深深嘆氣著：

『算了，反正他一看就是異性戀，沒什麼好可惜的。』

「說得好。」

凱撒沙拉上桌，我們同時沉默下來專注並且快速的吃掉，然後是濃湯，同樣的沉默同樣的專注並且同樣的快速喝掉；有時候我經常會覺得，在別人的眼底看來、我和峻翔可眞眞像是一對交往太久的老情侶，我們可以很輕鬆自在的聊起長長的天、一搭一唱的廢話個沒完而且是越廢話的照樣造句越是沒完沒了，但同樣也可以輕鬆自在的沉默進食、或者光是沉默著各自放空，還一點也不覺得場面很乾或者有必要打破沉默。

比起凱樺來、我們原來眞的更像是一對。

濃湯撤下，換上主餐，當峻翔先把全部的蛤蠣挑到小盤子（不是說他有A型肝炎，只是說我們同樣都對非必要的口水很抗拒）（好啦，而且我們都會在接吻之前問過對方有沒A肝）（拜託！健康很重要好嗎？而且肝是沉默的器官、容我這麼順道一提！）裡的時候，我先是想到什麼似的噗哧笑了出來，然後不等他問、便先說：

「對了，而且魏銘毅還問起你——」

『他以爲我是妳男朋友對吧？』

「沒錯！」我興奮的說：「眞搞不懂爲什麼每個人都以爲我們是一對、但卻很少人覺得你和蔓羚是一對！」

『我就知道爲什麼我一直沒有男朋友都是妳害的！』

「少來。」我繼續興奮：「然後我就說啦，天曉得高中的時候我也超—希望你是我男朋友的！而且你還是我生平第一個告白的男生耶！只可惜——」

『只可惜我無緣笑納妳的愛，而且再愛妳也沒辦法跟妳約定三十歲時彼此還單身的話就乾脆結婚之類的鬼，』峻翔接著說：『而且那是高一下學期的事，我記得很清楚。』

「聖誕夜是嗎？」

『好像是，我們第一個過的聖誕夜是嗎？』想了想，然後聳聳肩，峻翔說了句管他的、誰在乎！然後是的，他接著問了換作是蔓羚的話、在一開始就會問我的問題：『妳沒藉著這機會告訴他、妳有男朋友了？』

「沒有，眞不曉得爲什麼我沒有。」我尷尬的據實以告，眞不曉得爲什麼我要爲此尷尬。「可能是後來話題都圍繞著你，我一直和他在聊你。」

『了解。』

峻翔說，然後低頭專注吃麵，於是我也吃了一口燉飯，眞不曉得爲什麼今天的燉飯吃起來沒有那一天的好吃，或許是剛好廚師換了人，或許是因爲這個話題不美麗。

我想我知道答案。

媽的其實我是知道答案！

「不過隔天午休的時候，他專程送了甜點給我吃。」

『我想從政大到妳公司是有點距離。他還是騎腳踏車嗎？』

「沒有，腳踏車只是那天的梗而已，順道一提，也沒帶水桶過來。」

『好傢伙！那隔天呢？』

「炒蛤蠣，用樂扣裝來的，我想這傢伙很重視環保。」

『嗯，這點確實是加分，環保又健康，如果妳曉得塑化劑什麼的。』

「當然我是曉得。」

『再隔天呢？』

「沒有了，因爲我告訴他距離這麼遠、不要專程跑一趟。」

『……』

「……」

這種沉默我受不了，於是我開口直接了當的問：

「你會覺得我很bitch嗎？」

『我想妳離bitch還有一段距離、我是說截至目前爲止。』峻翔說，然後問：

『蔓羚曉得嗎？』

「我以爲我的男朋友是凱燁。」

峻翔給了我一個眼神，那眼神像是在說：妳知道就好。眞是個陰險的傢伙，故意挖洞給我跳。

我們結束這個不美麗的話題繼續專注進食，正確說來是峻翔專注進食，而我沒有；當峻翔把清空的盤子往外推的時候，我的燉飯還剩了一大半，算了反正冷掉了也不好吃，我聽見我這麼對自己說，然後我跟著把盤子也往外推。

峻翔看了我一眼，不過這次沒有說什麼，擦了擦嘴巴，他換了個話題，問：

『沒記錯的話，凱燁是後天回來？』

「明天下班後直接搭車回來，不過到台北大概也很晚了。」

『喔，那妳明天有要幹嘛嗎？』

「加班。」

『加班?』

峻翔驚訝的問,而我則給了他一個眼神,那是介於無奈以及翻白眼之間的眼神。

『了解,』峻翔嘴巴含著一小朵微笑,說:『代我跟凱燁的姐姐和小外甥女問好。』

「是啊,當然。」

當凱琪開車載著婷婷出現在我家樓下時,我還是忍不住在心底痛罵自己爲何這麼美麗的週六下午、我不選擇待在家裡窩在沙發上把這星期漏掉沒看的、從子宮講到外太空的寶傑的節目補看回來,或者是我爲何不趁著這麼好的天氣把房間裡裡外外(連抽屜都拉出來、連床都搬開來的那種裡裡外外)打掃一遍,甚至是什麼也不做的就是發著呆和貓玩。

這不是說我不喜歡凱琪或者其他什麼的,相反的我很喜歡凱琪也很感激她喜歡我還把我當作是自己的親妹妹對待,只是說比起星期六和她們母女開車離開台北去個哪玩，我是眞的會比較想要做上述的那些事情，眞的會讓我覺得比較放鬆而且終於在工作了整星期之後可以**一個人**好好的休息。

然而，當我站定在她們的車窗前卻還是出於友善的笑著一張臉：

「嗨。」

『好了婷婷，把位子讓給舅媽去後面坐！』

我還不是她舅媽，第N次！而且舅媽聽起來好老！我在心底囉嗦這一堆，然後笑咪咪的說：

「沒關係啦。」

『哎喲沒差啦，反正她等一下就睡著了，這樣我們比較好聊天。』然後，轉頭盯著：『安全帶要記得繫上！』

繫安全帶，我和婷婷，然後，果眞，當我們一繫好安全帶、當車都還沒開出巷口時，婷婷就問了：

『我們到了嗎？』

『我想我們才剛開車出發好嗎？小寶貝。』

太棒了我愛死了！這每次每次的對話！每次每次！

我當然知道五歲的小孩大概是不太會有時間觀念的，不過我還是很驚訝小孩子居然可以從三兩歲左右重複同樣的問題和話題而且還是興高采烈的重複又重複；我很害怕的納悶這情形究竟會持續到他們幾歲才停止？我相當憂心這答案我會在五年後知道。

果眞，當婷婷每隔三分鐘就興高采烈的問一次『我們到了嗎？』大概問到第八次而她媽媽終於決定乾脆裝作沒聽到的時候，她改變了話題，她好開心的告訴我、昨天的鋼琴課結束之後，她阿公就直接去把她接回家住，而且阿公還陪她一起睡在凱燁的房間、因爲阿嬷會打呼吵到她睡覺（阿嬷知道妳到處告訴別人她會打響呼嗎？妳覺得她會想要被知道這件事情嗎？我想總有一天我會鼓起勇氣問凱燁的媽媽），然後，是的，又來了：

『然後阿公今天早上帶我去吃鐵板麵加兩顆蛋！』

我有提過嗎？這句話我從她三歲開始一路聽到現在她五歲，每個星期五下午鋼琴課結束之後她都會被阿公接回家住、讓凱琪他們夫妻倆享受個獨處夜，而且顯然他們祖孫倆早餐很愛吃也只吃鐵板麵加兩顆蛋因為每個星期六早上他們都會去吃鐵板麵加兩顆蛋！而我每個月起碼一次至少兩次會聽到她說這件事，這鐵板麵加兩顆蛋！

我很害怕的納悶這鐵板麵加兩顆蛋我究竟得聽到她幾歲？我想遲早有一天我會為了自己這麼告訴她：別再提鐵板麵加兩顆蛋了！每次每次！

遲早有一天，但不是今天，因為今天我有個很納悶的問題想問她：

「婷婷喜歡吃甜點和炒蛤蠣嗎？」

『喜歡！』她激動到簡直是在歡呼喜歡這兩個字，『還有m&m's跟彩虹糖跟嗨啾！』

『別給小孩子吃糖！』凱琪立刻接腔：『小孩子只要一吃糖就會立刻暴走，更別提那些色素啊什麼的……』

叭啦啦嘰呱呱，滿滿的育兒經和營養學往我耳朵裡倒來，此刻我真羨慕婷婷可以立刻在後座自在的睡著，天曉得我也聽得好想睡。

「妳自己不吃糖嗎？」

『吃啊、當然，嗨啾很好吃，香香的甜甜的超好吃！不過我可從來不在婷婷面前吃，否則她會一直吵著也要吃。』

「妳自己也愛吃，爲何卻不給婷婷吃？」

這話才一出口，我們兩個人同時都楞住，因爲我問得有點強硬，而我不知道我幹嘛要這樣。

『妳是怎麼了嗎？』

我以爲凱琪會這麼問，我眞怕她會這麼問，因爲我會不知道該怎麼回答才好；不過還好是她很明智地決定不理會這個，轉而裝沒事的就著小孩子雖然會換牙但牙齒保健還是很重要的話題說個沒完。

叭啦啦嘰呱呱。

當凱琪的話題進行到眞不知是第幾個叭啦啦嘰呱呱的時候，我的手機傳來叮咚的聲音，於是我很驚訝的發現，我居然可以連看也不用看的就知道是魏銘毅傳來的line，實際上自從那天之後的這幾天我們一直在line，於是我更驚訝的發現，在聊完了各自的共同回憶之後，我們居然還能夠繼續自然的聊著生活上的瑣事。

『妳網路沒關喔？那不是很耗電嗎？』

「嗯呀，不過我有帶行動電源。」

我說，然後拿起手機滑開畫面：

——我知道妳這週末都有事，希望沒有打擾妳。不過今天我回家時突然興起跑到學校附近去閒晃，好驚訝那家阿Q還在。它一定都有八百年了吧？妳記得那家阿Q嗎？

我記得，以前常常和珮甄跑去點兩杯大杯的百香冰紅茶和兩盤炸四季豆或者炸豆腐或滷豆干之類的、就這麼聊掉一下午。

如果不是此刻凱琪在我身邊的話，我大概立刻就這麼回訊息；不過此刻我沒有，因爲在凱琪身邊和魏銘毅line的感覺好奇怪，雖然我們其實只是聊得來並沒有怎麼樣。

『妳好厲害，在車上滑手機還不會暈車。我光是輸入GPS都覺得想吐了，所以我老公都會等我先輸入完再開車，因爲妳曉得、他還眞被我吐過那麼一次，那次臉都綠了他。』

「換作是凱燁的話大概會直接把車開去洗。」

我說，然後換了個鬼臉，接著關了網路。

『妳不回訊息嗎？』

「只是朋友閒聊而已，不重要。」搖搖頭，我說：「而且我記錯了，我忘記帶行動電源了。」

『喔。對了，凱燁明天回來是吧？』

「今天晚上，他休兩天，然後後天晚上回去的樣子。」

『好，那要不要一起吃個晚餐？我好久沒看到他了。』

我要連續兩天看到妳？還有婷婷？還有每隔三分鐘就問一次的到了嗎？鐵板麵加兩顆蛋？這樣人性化嗎？

『哈哈哈，開玩笑的啦！』大概是我臉上的爲難太明顯，於是凱琪哈哈大笑的說：『我知道你們也很久沒見面了會想要獨處約會啦！』

謝天謝地。

『不過後天我們會全家一起吃晚餐，然後凱燁才搭車回去——幹嘛那表情？他沒告訴妳嗎？』

沒有。

「還沒有。」

『喔，反正你們明天晚上還是能夠約會嘛。』

是啊，明天晚上我們是有約會沒錯，不過是和凱燁那一大群朋友一起約會，嘖。

第六章

Happy Sunday!

久違的美好的一天。

以睡到自然醒作爲開頭，接著還在賴床的時候我聽到客廳裡凱燁和爸媽在聊天的聲音時，嘴角是忍不住上揚的笑，我笑著走出房間、牙沒刷頭沒梳的就迫不及待開口問：

「不是聽說昨天下班直接搭夜車回台北？怎麼還這麼早來？難道不累嗎？」

『就是因爲太累了所以在車上睡飽了，而且因爲車程夠久，所以睡夠了。』

「你也曉得車程夠久喔？」

『凱燁一早就來了，我們一起吃了早餐之後還去運動場走了三圈。哪像妳？』

「好啦有啦！」我扮了個鬼臉：「我現在改成是下班後去夜跑啦！跑三圈。」

『但只跑了兩天就把運動鞋收起來了。』

我媽說，然後接著我爸也開槍了：

『還有瑜伽課也是，衣服都買了，結果只去了幾次？』

「三次，好啦，我知道了啦！」

眞是有夠愛算帳，反正運動這種事情等到年過三十再開始也不遲啊！不行不行，再這樣扯下去的話，他們一定會接著提起有回我興致勃勃跑去報名料理課然後餐具啊圍裙啊保鮮盒什麼的都買了、結果卻連一堂也沒去上的浪費錢往事翻出來算帳。

我乾脆裝作沒聽到直接去浴室。

就這麼凱燁倚在浴室門口一邊陪著我刷牙洗臉，一邊閒聊著這段日子以來的工作啊生活啊衝浪啊什麼的，等到我們慢呑呑地移駕到我房間、凱燁試著找貓玩（但貓還是躲起來不見客）而我換衣服梳裝打扮時，那兩個老人家居然還不識趣的坐在客廳裡打了開電視看。難道就這麼不急著抱孫子嗎？好啦我開玩笑的。

我沒把這句玩笑話說出口，倒是凱燁說了：

『我們兩個都還跟爸媽住，眞是太不方便了。』

「還好是你在墾丁是自己租房子住不是住宿舍。」

我想也沒想的說，我當時沒想到凱燁其實想說的是什麼。

那是一棟好老的房子了、凱燁租的房子，屋頂還是三角形的磚瓦那種，距離凱燁工作的旅館和墾丁大街有一小段距離，不過房子倒是沒話說的大，大概簡直可以當成店面了、而確實在凱燁租下它之前、它的前身就是個古老的荒廢了好久的雜貨店沒錯；很可愛的一棟老房子，還有前後院，正好合適凱燁的那隻瘋狂拉不拉多有超級足夠跑過來又跑過去的活動空間。大概是因爲屋齡很老了的關係、租金倒是沒話說的便宜，上回我去找凱燁的時候，還見他把老房子給好好的改頭換面了好一番。

『本來只是漏水，但反正都要找工人來做捉漏工程，所以就順便重新整理一下好了。』

當時凱燁這麼說，而且還很高興的強調除了捉漏之外、其他的工程都是他利用下班時間一點一滴和朋友親手做的。

我當時只想著原來除了衝浪之外、凱燁也有這方面的興趣，我此時也沒想到原來當時有個什麼模模糊糊的想法已經慢慢在凱燁的心底成形。

眼看著這兩個老傢伙顯然是沒有想要出門的打算，於是我們便出門吃早午餐，當凱燁問道、最近有沒什麼新開的不錯的早午餐咖啡館時，不知何故、我居然首先想起阿Q茶坊；不過不用說它當然不會有所謂的不錯的早午餐，甚至這時間它開了沒有都還是個問題。但不知怎的、我就是突然很想再走進去重新喝起好大一杯百香紅茶、吃兩盤隨便什麼的台式點心，就這麼再一次在那裡待掉一整個下午，好好的懷他個舊，我陳舊的青春。

眞搞不懂爲什麼突然會有這念頭這衝動、自從昨天魏銘毅line我之後；我搖搖頭把這奇怪的傻念頭趕走。

結果我們也沒去什麼新開的好吃的早午餐咖啡館，只是外帶了摩斯的早餐到我們的老地方待著直到下午和蔓羚、峻翔的聚會時間爲止。於是我才知道原來凱燁說他昨天夜裡在車上睡飽了是騙人，因爲我漢堡都還沒吃完、咖啡都還沒冷掉的時候，他就已經睏得抱著枕頭睡著了。

眞是的，這麼累的話就不要還勉強自己一大早過來還陪我爸媽運動了嘛，不過回過頭想，我昨天不也假裝很開心的跟凱琪、婷婷離開台北去親近大自然嗎？

也罷，也罷。

把小不拉嘰的漢堡吃了光之後，我一邊喝著咖啡一邊打開靜止了一整天的網路，接著我看見我的line暴走似的彈跳個不停，是的魏銘毅，我驚訝自己居然想也沒想、看還沒看的就知道當然會是魏銘毅沒錯；我看著那一張張的照片，彷佛也看到了他昨天一整天的身影，雖然從頭到尾都沒有一張是有他身影的照片。

我指的是從頭到尾。

首先是阿Q茶坊。

原來他昨天一個人去了那裡，他可能等了一會兒我的回應但結果沒有等到，於是就這麼獨自前往；我很驚訝的發現阿Q茶坊居然連丁點改變也沒有，那方形的木頭座椅、那陳舊的氣味，以及桌上那一大杯的茶飲，我很納悶自己怎麼搞的一直誤會它的外觀是一節仿火車車廂的造型，可是現在看著照片才發現原來並不是，眞搞不懂我陳舊的記憶是哪裡出了錯？

循著照片我看見他離開阿Q之後重新走回我們的國中，懷念的卻遺忘了的校園每個角落、此刻透過他眼底的照片重新鮮明在我眼前，我注意到他拍了教室拍了黑板拍了操場拍了走廊拍了女廁外觀還有升旗台，但卻故意似的獨漏了腳踏車棚沒拍，難道是腳踏車棚換了地方嗎？我想立刻這麼問他，不過我沒有，我只是一直笑。

一直笑。

照片繼續。

顯然他接著是回家了，因爲我正在看著他翻拍的畢業紀念冊照片，我笑著想起有次我告訴他、我的畢業紀念冊早已經不知忘到哪去了，這傢伙、好樣的！長得那一副就是生下來爲的是要令女孩子傷心的外表、結果沒想到是個滿細心的人嘛。

我的照片其實不多，大多是團體大合照而且總是躲在最邊邊好像生怕被發現似的，眞佩服他居然找得出我來而且還翻拍了下來；然後，接著，是的，接著是一連串我的照片，照片裡的我比前面幾張清楚多了，而且大部分是獨照、雖然背景有很多很多其他的同學，在那些照片裡我沒有一張是看著鏡頭的，我看出來那是我們國中的畢業旅行，我不知道他在那時候偷拍了我這麼多照片。

他倒是偷拍我這麼多照片幹嘛？我眞希望我能夠這麼笑著問他酸他或者其他什麼的，可是我發現我辦不到，再也辦不到自欺欺人了，在自欺欺人了整星期之後，因爲，是的，最後是他的訊息，停留在昨天夜裡的三點零五分：

——在那三年的時間裡，我用很白痴的方式喜歡著那女孩，後來我才知道，原來那被她誤會成是霸凌；不過，不是我變態，但是我眞的很高興能有這機會再一次遇見她，告訴她那不是。我可以讓這個中斷了好久的照片集延續嗎？可以再喜歡妳一次嗎？當然會是以正確的成熟的方式了，我禁不起再白痴一次、當然。原諒我，或者接受我，好嗎？

好

嗎

？

這是他昨天夜裡三點零五分傳來的訊息，我不知道他昨天幾點睡。

我不知道爲什麼我又變回國中時那個儒弱膽小的居佳欣，明明他已經不是國中時那個愛欺負人也總欺負我的魏銘毅了，明明我可以直接告訴他、不好意思我已經有男朋友了，或者活該你當年白痴欺負我，或者——爲什麼明明越是簡單的話往往越是說不出口？

結果我只是關了手機的網路，然後假裝沒有看到這些那些，我不知道我假裝沒有看到已經被標示讀取的訊息有什麼用？我已經太久沒被追求了、我哪知道該怎麼面對？

不

知

道

下午三點鐘的金色三麥，我們四人幫。

『從下午就開始喝啤酒的感覺眞是太讚了！』

連擺上桌子也等不及、就這麼丟臉地直接從服務生手中接過啤酒的蔓羚，在喝了好大一口、啊了好長一聲之後，說：

『這就是我好愛墾丁的原因，墾丁感覺上就是個每個人都應該從下午就開始喝酒的歡樂天堂！』

『並沒有好嗎！』

凱燁笑著反駁，而峻翔則問蔓羚：

『那妳幹嘛不也搬去墾丁住算了？』

『就是因爲太歡樂了所以不行，還得清醒著賣車子呢、我！』

『那妳還是搬去墾丁住好了！因爲妳喝了點酒之後看起來比較不兇，業績想必會好到不行！』

『張峻翔！』

『好啦！』

『還敢講，每次約你們來墾丁玩都是卡在妳排不出假來。』

『沒辦法，我這方面就是沒有呂凱燁你幸運，一開始就決定搬去夢裡住，現在眼看著夢想就在眼前了呢！或許我眞也該放手一搏、貸款去實現我的公平貿易手作小店。』

『什麼夢想成眞？』

峻翔問，而蔓羚則裝作沒聽到、快快地把話題轉移到我身上來：

『喂、妳！幹嘛都不講話？經痛嗎？』

我花了五秒鐘左右的時間才反應過來蔓羚這是在問我，接著又花掉五秒鐘左右的時間才回答：「沒有啦。」然後我趕緊低頭喝了一小口啤酒，免得她接著又問我：妳幹嘛還不喝酒？難道是在等人幫妳吹涼嗎？

『妳今天怪怪的喔。』峻翔接著也說，然後掩著嘴巴卻放大音量的問：『該不會是有了吧？』

『沒有啦！』我和凱燁異口同聲。

『喔，我知道了！可能是因爲峻翔今天戴了黑框眼鏡還穿了黑色襯衫的關係。你倒是今天這樣打扮幹什麼？是潮男還文青？』

『是櫃哥啦好嗎？』

『嗯，說是像櫃哥也可以，不過是太帥了的櫃哥。要知道，你本來就帥沒有錯、但帥得有點太奶油所以殺傷力小了，不過這會兒這眼鏡一戴這襯衫一換，奶油味少了，帥氣度卻爆增了。這會兒就是連我都差點要愛上你了！你下次和我們出來還是別穿這麼帥的好，免得佳欣失魂又落魄。』

『別這樣，人家男朋友在身邊。』

『你難道眞的不考慮改愛女人嗎？反正你的女人緣一向就比你的男人運好。』

「無聊欸你們。」

越是無聊的話題、他們越是愛：

『還好你是男同志，不然佳欣現在也輪不到我擁有！』

凱樺愉快的加入他們的話題，接著他們三個人愉快的乾了杯；然後蔓羚也說啦：

『還好你當初先問了我、他們是不是一對？不然你大概沒敢出手就先打退堂鼓，因爲說眞的、直到現在還是很多人好質疑的問我、他們怎麼可能不是一對呢？』

再一次乾杯，這三個無聊鬼。

『雖然我們看起來很一對，不過請放心，你該擔心的人不是我。』

峻翔說，然後賊賊的笑了起來，而蔓羚迎上他的視線，接著他倆悄悄的乾了一個杯，太棒了我愛死了！這下子我大概連猜也不必、就可以知道他倆這星期晚上都在line什麼。

可能是凱燁一向粗神經、沒聽出峻翔話裡的暗示，也可能是因爲蔓羚後來想了想決定這根本就不值得擔心、更沒必要拿出來說嘴，因爲接著她又帶回了原來的話題：

『所以你今天究竟把自己打扮得這麼帥是要做什麼啊？』

『妳很煩耶問問問，好啦我今天晚上有彩虹趴啦。』

『今天晚上？』凱燁楞了一下，難掩失望：『所以你晚上不來跟我們唱歌了喔？』

『矮油好啦，我承認我是重色輕友啦！』

『我可不是重色輕友喔，不過晚上我也沒辦法去唱歌了。』

『爲什麼？』

『哎，明天要開業務會議所以得早起嘛。幫我跟米度他們問好。』

『好吧，』凱燁嘆了口氣：『眞懷念我們都還在餐飲業的日子啊，起碼我們大家上下班的時間都一樣，也好約。』

『是啊，雖然嚴格說起來是我們兩個在餐飲業，而他們兩個是死大學生。』

『是啊，妳是勤奮的業餘大學生。』峻翔說，然後把話題再度丟給粗神經的凱燁：

『不過我強烈建議你晚上也別去和米度他們唱歌了啦，雖然以前是上班下班都攪和在一起的很要好的同事沒有錯、但偶爾回來不見面一次又沒關係，有個人緣太好的男朋友沒想到原來也是傷腦筋。我說、這次跟他們爽約換成帶佳欣去屋頂上看陽明山夜景吧！你們兩個人未免也太少單獨約會了吧？雖然都交往了這麼久沒錯啦。』

峻翔這話讓我們三個人同時都嚇了一大跳，我驚訝的點是以爲峻翔正準備把魏銘毅的出現告訴凱燁，而凱燁驚訝的點則是以爲蔓羚告訴了峻翔，而蔓羚驚訝的點則是以爲凱燁結果還是先告訴我了——

「你告訴他了？」

『妳告訴他了？』

『你告訴她了？』

我們三個人同時異口同聲，接著立刻是一陣短暫的沉默，最後是由峻翔的咳聲打破這沉默以及這同時的各別的驚訝：

『各位咳咳！有什麼是我該知道的嗎？』

再一次沉默。

『好啦反正都露出馬腳了。』蔓羚勇敢的據實以告：『他準備向妳求婚了。』

沉默，一個呼吸的沉默：

「你要搬回台北了？」

沉默，很多很多呼吸的沉默：

『不是，我準備在墾丁開店了。』

他一直一直就很愛衝浪，而這就是他選擇在墾丁工作的原因。凱燁說，凱燁開始說。不過實際上去了墾丁這麼個幾年之後，他開始發現到、他可以不只是熱愛衝浪、在下班之後，而是他可以開始和衝浪這件事一起生活。

合而為一。

他開心的都快哭了。

一開始只是模模糊糊的夢想，可是誰曉得後來（或者應該說是：遲早）他遇到了志同道合的朋友，一個同樣熱愛衝浪而且還是個職業是衝浪教練的朋友，他們開始攪和在一起，他們根本就相見恨晚，他們不是一起衝浪、就是一起對著墾丁的海瞎聊天，聊著聊著他們都發現那麼大的一個舊房子只一個人一隻狗住未免可惜，想著想著他們覺得似乎可以把這房子改造成出租衝浪板的店，同時他還可以教導遊客們衝浪之類的，當然八合一之類的水上包套遊戲也會是營業項目，主要的營業項目。

不會只有衝浪。凱燁保證似的說。

『好啦其實我說謊，那房子不是我一個人整修的，主要是大欣負責的，他很有一套。』這他名字，蔡大欣。凱燁說，然後又補充：『錢的事也沒問題了，我姐說她很樂意投資我，我們會出資各半，我是說我和蔡大欣。他是個很好相處的人，很豪氣！下次妳來墾丁一定要介紹你們認識！』

沉默，更多更多呼吸的沉默：

『處理好那些事情之後，接著我又想了，』凱燁小心翼翼的說：『我們也交往好久了，好像差不多，也該是定下來的時候了。』

「那我的工作呢？」

『如果妳願意調單位的話，恆春——』

「那我的朋友家人呢？他們呢？蔓羚和峻翔呢？甚至是我的貓呢！也一起打包帶走嗎？」

沉默，簡直就是集體掉進深深海底的致命沉默。

掉

了

第七章

我們很少吵架，我們交往這麼多年來幾乎沒有吵過架，我們又不常見面是要怎麼吵架？

我不知道我們這樣算不算吵架，因爲嚴格說來只是凱樺回答不出我的問題、而我於是一直保持沉默狀態，就這麼我們僵僵的把啤酒喝乾，接著起身之後我發現自己很自然地跟在峻翔的身後走；我忘記本來晚餐要和凱樺去吃什麼，我想不起來我們有沒有決定好了本來要去吃什麼，而凱樺也沒提，他只是站在我們的對面揮了揮手然後轉身走，我看到他轉身離開之前在蔓羚的耳邊悄悄地說了什麼，我不知道他們說了什麼，也沒想問。

我們誰也沒開口跟誰說話、就這麼沉默著往前走，我們還在深深的海底深深地沉默著；我們好默契的走向白色甜點屋，然後坐了下來點了三份熱拿鐵和檸檬塔，接著首先浮出水面的是蔓羚：

『妳剛才眞的是反應過度了。』

我以爲她會這麼說，因爲換成我是她的話、我就會這麼直白地說，可是她沒有，她說的是：

『凱燁要我好好陪著妳，然後等妳明天氣消了再打電話給妳。我跟他說不必等到明天大概今天晚上就可以，妳這人一向氣不久，雖然我覺得妳今天洗完澡後會順便刷浴室的磁磚縫。』

於是我就笑了出來，這女的。

不過確實蔓羚說的一點也沒錯，我這會兒氣已經消了大半，我想約莫再過十分鐘左右、我會忘記我是在生什麼氣，接著眼前這檸檬塔吃完、熱拿鐵喝乾之後，我大概會自己搭計程車去找凱燁。

「妳怎麼知道他要求婚了？難道是他要妳陪他去挑戒指？」

『怎麼可能啊！』蔓羚脫口而出：『他在那麼遠的地方上班又久久才回來一次，連妳都很少看到他了、我是哪來的時間可以陪他去挑戒指！』

太棒了我愛死了！我十分鐘之後不會忘記我在生什麼氣，而且也立刻改變主意、不打算待會兒搭計程車去找凱燁了！

蔓羚沉默的尷尬而峻翔沉默的咳咳，是啊他在那麼遠的地方上班又久久才回來一次並且那久久回來的一次還得先取決於有沒有美美的浪花，天啊我一直以來都不介意凱燁離我那麼遠又熱愛衝浪甚於我，而結果我換來的是什麼？他要我拋下我的一切和他一起定居墾丁？我難道沒有告訴過他、我好討厭離開台北嗎？好，我確實是沒有告訴過他而且每個月一次兩次和凱琪的親近大自然約會我都假裝好開心的赴約可是——

『好啦，我之前就知道他的這計劃，上星期和米度吃飯時他們說的，沒跟妳說是因爲我覺得凱燁可能只是想想而已，因爲他也還沒提離職啊。所以我就想說這大概就像我們每個人每一天都會想要離職而且起碼幻想超過一百次吧——』

『我每天起床時會用掉九十八次，另外兩次則是發薪日那天。我還滿喜歡我工作的。』

峻翔說，然後和蔓羚愉快的擊掌。

「我也很喜歡我現在的工作和同事還有捷運搭三個站就好的距離啊，爲什麼就非得是我放棄我的工作我熟悉了的好喜歡的生活圈去和他住在一起呢？確實我也很喜歡海沒錯啊，在沙灘喝啤酒看星空很棒沒錯啊，那種悠閒的渡假生活誰不愛？可是這種事情又不見得要喜歡到放棄一切去追求不是嗎？可能有些人、實際上就是凱燁會喜歡到放棄一切去追求，但我不是啊！」

我說，我開始說，把這幾年來假裝忽視的不以爲意的一切，一股腦的說。

我很愛凱燁，當然我是愛凱燁，不只是因爲他愛我我愛他他對我好而我對他好這樣子而已，而是因爲他的優點是我覺得很珍貴的，而他的缺點則是我覺得可接受的；所以儘管打從一開始他的工作時間和我的上課時間很不一樣但我覺得沒有問題可以接受，是因爲我愛他，也是因爲反正我還有蔓羚和峻翔；我們本來就不是那種愛到會想要把對方放進彼此口袋裡的黏ㄒㄒ情侶。

可是接著他說他要去墾丁，然後接著他會因爲衝浪不回台北，可是我都說好啦沒關係，如果你也看過凱燁無視於沙灘上的比基尼辣妹或者是他女朋友被搭訕而筆直地踏上衝浪板的神情、你就會曉得這個人他是眞的愛衝浪，甚過於一切的愛著。你怎麼可能忍心剝奪你所愛的人他所愛的事？

而我不介意，眞的不介意，我反而很喜歡那樣的凱燁，眼底閃著亮光的凱燁。

只不過、那也是我的底限了。而他呢？他的底限是什麼？

我們怎麼會愛成了底限？

「可是他現在要我搬過去和他一起住，我一直以爲我可以等到他決定回台北，我一直以爲等到我們決定定下來的時候他就會回台北！」我激動的說，然後嘆了口氣，悶悶的丟臉的說：「可能他沒有我以爲的愛我吧。」

『才不是這樣。』

蔓羚說，然後開始馬不停蹄地舉例她認識的哪個誰不也分居兩地即使是在結婚之後，或者她聽說的哪個誰結了婚甚至是生了小孩卻因爲工作或某些現實的因素還住在娘家或獨居的分隔兩地。

『更別提那些老公外派海外的，起碼豎丁搭車就能到而且不用至少兩個月才見面一次！』

『我聽過有半年回台灣一次的，』峻翔接腔，然後說：『但我也還是贊成凱熚應該回來而不是她搬過去。』

『難道妳要因此分手嗎？』

「……」

『好啦不然我改愛女人好了，妳把凱熚甩了我們交往吧！』

「……」

『嗯，看來她這次心情眞的很不好。』

峻翔說，然後伸手喊了服務生結帳，接著他提議我們外帶麻辣鍋以及兩手啤酒去他的小公寓續攤。

『可是你晚上不是有彩虹趴嗎？』

『管他的彩虹趴！反正就像妳說的，我的男人運確實是差斃，每個我遇到的男人都是吃乾抹淨就閃人，反而是女人眞的愛我比較久。當然我不是故意要重新再炫耀一次居佳欣她當年跟我告白的糗事。聽說那是她第一次向男生告白？』

「不是你、是泡泡。」

『不是泡泡，妳只是暗戀泡泡沒有告白，因爲泡泡一看就是俊美gay，而峻翔就吃虧在這一點，所以他老是被女孩子愛很久被臭男人吃乾抹淨閃人去。』

「什麼話都要接就是了？」

『那當然！我們的老慣例。』

「哼。」哼，「不過妳明天不是有業務會議嗎？」

『管他的誰在乎！不過就是例行的業務會議，搞砸了一次也不至於影響我整個人生。』

蔓羚帥氣的說，而我則是終於笑了出來。

告訴我、如果我的生活裡沒有這兩個人該怎麼辦？

三個人的晚餐，在峻翔的溫馨小公寓裡。

當我們圍在客廳的桌邊、喝著啤酒等著麻辣鍋加熱時，蔓羚玩笑似的說：

『不然這樣好了，如果是我們害你一直找不到男朋友穩定下來的話，那老了以後我來負責娶你好了。我們約定三十五歲如何？』

『棒啊，不過我寧願嫁給佳欣。』峻翔挑著眉說：『同樣是時常把我家當免錢的旅館住，還熟門熟路到擺了牙刷毛巾和衣服，不過佳欣的脾氣好多了，而且她每次洗完澡都會順便刷浴室。』

「別再拿浴室磁磚的縫縫開玩笑了你們，我只是單純的不喜歡看到黴菌而已！」

自從高中時的畢業旅行那次被他們知道我洗澡之前會拿著牙刷趴在牆上和地板一併把浴室刷個乾淨哪管是自家的浴室還是朋友家的浴室甚至是旅館的浴室反正只要是浴室我就見一個刷一個之後，他們就不打算放過這件事情糗，有年生日他們還很無聊的送我一大把牙刷和一只放大鏡，眞是幼稚得要命。

『講這樣，佳欣只是熱愛刷浴室而已，如果你有注意到的話、喂！每次吃完飯都是我去洗碗的耶。』

『對啦好啦親愛的，不過我不討厭洗碗倒是很討厭刷浴室，不過考慮到她可能會把貓也帶過來一起住，所以好吧，我還是娶妳好了。』

「什麼嘛。她養的可是蜥蜴耶！」

『蜥蜴很乾淨好不好！沒有毛！』

『就是嘛，而且眼看著她都要嫁了。』

『放心啦，她不可能會離開台北的，她對大自然過敏。』

「喂！」

『所以啦，我覺得最後一定是凱燁妥協回台北的啦！』蔓羚說，然後用手肘推了推我：『把妳這輩子的任性配額都用上吧、居佳欣！』

『是啊，幫我們把凱燁帶回來吧！』

『需要我分一點任性給妳嗎？』

「好啦。」

好啦。我說。但其實我沒有把握。我常在想或許我眞的需要蔓羚分一點任性給我吧！如果換成蔓羚是我的話，別說是跟著搬去墾丁了、恐怕當初凱燁連想去墾丁工作都沒可能成行吧？

不，應該說是連想也不敢妄想吧？

此時此刻的我彷彿一分爲二：一半的自己正常卻不深入的聽著他們閒聊天、並且適時是啊對嘛的回應，然而另一半的我，卻躲在自己腦子裡的小角落裡偷偷想像著。

可能是今天下午啤酒喝快了並且咖啡喝少了所以此刻的我突然地變得有點想

太多了起來。我想像著今天下午當我們在深深海底深深沉默的時候，如果凱燁能夠果斷的說：

『好！對不起是我的錯，妳別搬去墾丁了而我會搬回來台北！我們現在就去選戒指吧！』

那該多好。

可是那是不可能的，因爲他是凱燁，熱愛衝浪甚於一切的凱燁，溫和體貼卻優柔寡斷的凱燁，而那甚至不能算是缺點、不是嗎？更何況一直以來我們也是如此共識的相愛著不是嗎？我放任他把衝浪擺在生命中的第一位，而他放任我過度依賴蔓羚和峻翔，甚至陪著我一起也愛他們。我有提過凱燁其實很怕貓也恐同嗎？

我繼續放任自己的想像。

是啊說得沒錯，或許蔓羚也該分一點任性給凱燁，我想像離開金色三麥的時候、當我站在峻翔的身後時，凱燁如果能夠霸氣一點甚至自私一點的不允許，因爲我們約好了要晚餐，而他也不想向他的朋友們解釋我的缺席，那該多好？那是不是比較好？

我不知道。我只知道凱燁一向就是個好好先生，他一向脾氣溫和而且對誰都好，這不就是當初我被他吸引的初衷？而我眞的應該要他爲了我而放棄夢想嗎？這樣好嗎？這樣是不是比較好？

天哪，我大概眞的很需要分一點蔓羚的任性吧？

「凱燁討厭貓，而且覺得木瓜有嘔吐的味道，至於鳳梨荔枝和釋迦則是覺得長得很邪惡。他不吃也不喜歡別人在他面前吃這些水果，這是我唯一想得起來他算得上是任性的地方。」

『什麼？』

『妳突然的在講什麼？』

唔，好糗，我居然把腦子裡的想像唸了出來。

「沒有啦。有咖啡嗎？」

『幹嘛？』

「今天啤酒喝太多了，頭有點暈。」

『什麼鬼？妳這一罐甚至還沒喝完耶。』

『你忘了她是三罐倒喔！下午那一杯加上這一罐，她是該倒了。』

『下午是下午，現在是現在，早就代謝完了好嗎？』

蔓羚踢了一下峻翔，然後不耐煩的問：

『所以到底有沒有咖啡嘛你？』

『前天男人來的時候泡完了啦，不然樓下的便利商店有。妳要喝美式還熱拿鐵？』

「算了啦，我自己去買好了，我想散步一下，有點胃脹氣。」

『要不要陪妳去啊？』

「不用啦。」

『那順便幫我也買一杯熱拿鐵和洋芋片。你要嗎？』

『要！兩份，謝謝。』

「好啦。」

拿著峻翔的鑰匙購物袋和悠遊卡我下樓，在等電梯的時候我低頭看了一下手錶，這時間凱燁應該吃完晚餐了吧？一個人的話他總是吃得很快，或許他會直接去米度他們的餐廳一邊慢慢的晚餐一邊等他們下班、就像我們以前經常會去凱燁工作的餐廳吃晚餐等他下班那樣。

那時候的我們好快樂。

我突然想起來了、今天晚上我們就是約了要去米度他們的餐廳吃燒烤。

電梯門開啓，電梯門關閉，在一個人的電梯裡，我繼續放任自己想像：

我想像凱燁看見我不開心，一時間他反應不過來、於是怔怔地看著我和峻翔他們走，接著他一個人在台北的街頭漫無目的地走，走著走著他突然決定他媽的這不對他必須要挽回而且是立刻挽回才對！於是他打了電話給米度他們說抱歉，接著下一通電話是撥給蔓羚，於是他去到白色甜點屋找我們但卻撲了空，而此刻他人正在門前這裡的路上，當電梯門一打開，他會氣喘吁吁的出現在我眼前，我會問他來幹嘛他會說他很抱歉，接著凱燁會捉住我的手，然後我們共度久違的甜蜜的晚餐而且只有我們兩個人，最後我們會直奔屋頂上，在陽明山的夜景裡，凱燁會完成他的求婚。

接著每年的這一天，我們會排開所有事爲的只是重回陽明山的屋頂上重回這一刻。

凱燁會這麼做嗎？我跟自己打賭：不會。

他不是這麼浪漫的人，我本來就知道。不過偶爾浪漫一次會怎樣？

電梯門打開，電梯門關閉，我走進空盪盪的大廳穿過大門，我在便利店裡掃了所有的零食以及三杯熱拿鐵；就這麼提著重重的購物袋提到我手指關節都泛白回到峻翔宅，劈頭蔓羚就告訴我：

『剛剛凱燁打電話來妳沒帶，所以我就幫妳接了！』深呼吸又深呼吸之後，蔓羚一口氣的說：『因爲妳臨時空缺所以他們改變計劃不去唱歌了要夜奔去東北角看海和星空。』然後，立刻，她想要轉移話題：『嘩！妳是把整個便利店都買下來了不成？』

「本來是沒這打算，不過這下子我決定回去再把整個便利店買下來！」

『哈哈哈別這樣嘛，他們也很久沒見了嘛！而且他說明天會給妳送早餐過去，問妳午餐一起吃好嗎？』

『妳幹嘛漏掉最重要的啦！』峻翔趕緊補充：『他劈頭就問妳還有沒有在生氣？』

「是啊，好像他眞的很在乎嘛。」

『哎！人總是不完美嘛。』

算了也罷。

本來我以爲這會是我今晚心情差的極致，然而等我洗完澡擦著頭髮走出浴室的時候，我才發現原來並不是。

「蔓羚咧？」

『她突然有事先回去了。』峻翔不自在的說：『恭喜妳！今天不用跟她擠沙發床了！』

「她突然什麼事？」

咳咳之後，峻翔眼睛飄著牆壁表情有點害怕的說：

『剛剛妳洗澡的時候突然有人打妳手機，然後她看也沒看就以爲是凱燁所以又幫妳接了。』

「不是凱燁會是誰？」

更多更多的咳咳。

『魏銘毅。』

「……」

『他可能以爲是妳，所以就問了聽說稍早在line問妳的問題。』

「……」

『顯然妳是沒時間回答或者是不知道該怎麼回答，反正不管哪個無論如何蔓羚就替妳回答了。』

「……」

『她說妳已經有男朋友了而且今天下午才剛好被求婚了，所以要他死了這條心別再打電話給妳或者line妳或者跑去找妳諸如此類的。』

「……」

第八章

我傳了訊息問蔓羚：那麼晚了還喝了酒，一個人回家沒問題嗎？結果她只是回傳表情符號過來，什麼也沒說；之後我又傳了些訊息過去，可是不管我說了什麼問了什麼關心了什麼，她都只是反應冷淡的回傳表情符號，這樣而已。

我知道她在誤會什麼，也試著想要把這誤會盡可能的說清楚，可是她一副連聊都不想聊的樣子我是該要如何說個清楚？

我也回了魏銘毅line，可是他更絕，連回也沒回看也沒看。

我知道他在誤會什麼，而、和蔓羚不同的是，我很抱歉讓他這樣誤會，並且讓他感覺不好過；我發現我居然因此有點在生蔓羚的氣、氣她為什麼要那樣對魏銘毅說話，當我發現到這一點的時候、我的感覺是驚訝，然而我更驚訝的是：上個星期大和解之後，我們每天每天的line，聊不完似的line，然而這個星期他卻賭氣似的當我是空氣，好像我們整星期的熱絡友好瞬間化爲泡沫那樣，對此我感覺到失落，是的我很驚訝我居然會因此感覺到失落。

好像生活裡突然少了什麼要緊的習慣那樣、失落。

我於是line給峻翔，我相當驚訝的發現原來人是這麼容易被制約：只消連續一個星期友好的熱絡之後，我就變得有點無法適應安靜的line。

好像空氣被整個換掉了似的難適應。我居然這麼容易被制約？

——我覺得我很厲害，在一天之內同時得罪兩個人。

——矮油別想太多啦，妳也知道那女的本來就是很愛生氣的個性。

——你還眞是會安慰人。

——哈哈。不過那女的跟妳一樣不是能夠氣太久的個性啦，跟妳賭，她三兩天後就會自己帶著咖啡去找妳要不要？

——但願如此。

大概是懶得滑手機了，所以峻翔索性打來了電話：

『倒是昨天和凱燁的午餐約會如何？』

「很好啊，倒是我們都沒再提結婚的事情。」

『唔。』

「本來就不是必須要立刻決定的事情嘛，我們還年輕啊。」

『嗯。』

「幹嘛？難道你希望我離開台北跟他住在墾丁嗎？」

『當然不！』峻翔尖叫著說，我的耳膜立刻痛了起來，『跟妳講，我們都希望妳把凱燁帶回來好嗎！』

「可是——」

『妳別太寵他，眞的。我一直就覺得妳們女人好奇怪，很容易就寵男朋友的個性，眞搞不懂。』

「我又沒有。」

是啊當然我們可以要求對方爲我們犧牲自己的夢想只要夠任性的話。

『不然你們也是可以考慮蔓羚的提議，遠距離婚姻，昨天我問了辦公室的人調查，嘿、結果還眞眞不少耶！』

「現在說這些都還太早啦。」

『好吧我更正。』

「什麼?」

『妳不是別太寵他，而是多需要他一點。』

「……」

『好啦不要聊這麼不助消化的話題。妳正在吃什麼?』

「牛肉麵。」

『好默契!我也是!有加酸菜嗎?』

「一大匙。」

『哈哈!我就知!』峻翔開心的說，然後，立刻，他解晦的問:『那個天菜呢?你們就這樣沒了聯絡?』

「我聽不出來這個話題哪裡助消化。」

『居佳欣。』

「好啦!」我說，我一股腦的說:「對沒錯我有男朋友了，我們感情很穩定，我們都不希望對方出軌劈腿也不希望自己這樣，可是這就代表我們不能有異性朋友嗎？我們為什麼非得活得這麼撇清呢？」

『凱燁有女的好朋友嗎？』

「當然有啊！你又不是不知道米度他們那一群裡面有幾個女的，而且他還有一大把女同事好嗎！凱燁本來就是很能夠跟女生當好朋友的人，嘿！你忘了他跟蔓羚也是好朋友好嗎？」

『但我猜她們沒有一個跟凱燁告白過吧？』

我知道這是在賭氣，只是我不知道我突然的在賭氣什麼：

「不好意思喔，莊大嬸也跟我告白過，不過我們直到現在也都是單純到不行的好朋友好嗎？更別提他甚至已經結婚了喔。」

『是啊當然，更別提妳還頂著那糟糕的髮型去吃他喜酒。』

「喂！」

『好啦，不過我想這中間是有著決定性的差別。』

「什麼決定性的差別？」

『殺傷力。一個是天菜，一個是……算了，莊大嬸是個好人兒，別老是拿他開玩笑。我問妳，妳有一丁一點的喜歡天菜嗎？』

我想像如果是上星期的今天，此時此刻，峻翔拿這問題問我的話，我肯定會絕對是失聲大叫：開什麼玩笑我瘋啦？並且同時還退倒三步找警衛。不過此時此刻的現在——

「我很喜歡跟他聊天，也承認他的line變成是我滑開手機的期待，」天啊才一個星期的時間怎麼改變這麼大？「但不是那種喜歡好嗎？」

峻翔乾乾的笑著：

『是啊當然，天菜可不是那種妳可以隨便拒絕人家還裝沒事繼續當朋友的人，要知道，他們可是那種把自己擺著就有一大把人喜歡的人種哪！哪可能嚥得下這口氣！』

「好啦。」

『不過既然人家告白失敗自尊受傷又決定視而不見裝作沒這回事，妳何不也這樣就算了？』

「我知道，只是……」

『只是什麼？』

只是覺得很抱歉，用那麼差勁的方式，我覺得，很抱歉。

『好啦，午休時間快到了我差不多要回辦公室了，喔對了、差點忘記幹什麼打電話給妳，我們星期五的晚餐取消喔。』

「你有約會喔？」

『嗯啊。』

「那要改星期六嗎？」

『這個嘛……』峻翔爲難的說：『不然我星期五晚上看情況怎麼樣再跟妳說？』

「是情況還戰況？」

『嘿嘿。』

我識相的說：

「算了啦別爲了我耽誤你的美好青春。」

『說得好！女人緣比男人運好的我是有在默默打算人老珠黃的時候搬去妳家或蔓羚家佔據沙發睡，不過在這之前，我還是得好好的享受我美好的青春。』

好吧，反正我也好久沒打掃房間了乾脆星期六來大掃除好了。

「這次這男的如何？」

『還不曉得，不吃哪會知道？』

「倒也是，那、祝你消化愉快。」

結果三兩天後蔓羚還是冷冷淡淡、沒有主動找我，於是我也沒了勇氣再繼續line她，並不是在介意熱臉貼冷屁股這方面的彆扭，純粹只是因爲太了解她了、所以選擇避免當她還在情緒上的時候拚了命的接近反而弄巧成拙罷了。

我從來就不是那種會彆扭的女生。

於是現在，我獨自一個人站在這家鐵板燒前探頭探腦，心想究竟是該如何開口或者乾脆算了啦聽峻翔的話就這樣結束就好反正人生嘛誰沒有過三五個誤會的還是回去打掃房間好了的時候，眼前有個頭髮短短的打扮酷酷的表情臭臭的年輕女生拿著板子走出店門口並且搶先在我開口問之前就先開口說：

『他不會這麼早來。』

「誰？」

她冷冷的不屑的笑了一下：

『是啊，好像妳們眞的只是覺得我們家的鐵板燒很好吃似的，少以爲我自己沒吃過。』撇了我一眼之後，她又重複：『兩個小時之後再過來！那個大牌不會這麼早來！』

天哪那一撇的眼神，那簡直是同一個模子刻出來的回憶裡的眼神，那我國中時見一次就怕一次的眼神——

「天哪！妳是魏銘毅的妹妹對不對？」

『對啊，妳倒是誰？』

我忍不住開始打量她，不過顯然她很不喜歡被打量，因爲她沒等我回答就不耐煩到破表的說：

『對啦我是女同志，我愛女生但那不代表每一個女生都愛好嗎？在自作多情亂想什麼、拜託喔！難道你們異性戀就每一個異性都愛嗎？』

「妳也不用那麼兇。」

我悶悶的說，於是她緩了防備。

「不是啦、我是——你們長的好像！你們是雙胞胎嗎？」

點點頭，她又問了一次：

『妳是誰？』

「我是他國中同學！說來我也是妳的國中同學！」

『是啊，攀關係的我也見過不少。』拿了個掃把給我，她說：『這樣吧，妳幫我把店門口掃乾淨，我就考慮考慮把他FB給妳。』

『妳別上當，她都用這一招騙女生。』我身後傳來魏銘毅的聲音，轉頭，我看見他警告他妹妹：『我要跟哥講。』

『大哥知道啊！而且他又不介意。』

『那我要跟媽講。』

『無聊，你乾脆連大嫂一起講好了。』

『無聊。』

他們好默契的同時給了對方一個白眼，接著魏銘毅轉過頭問我：

『妳怎麼知道我在這裡？』

「我——」

『她大概是也打聽到我們家鐵板燒生意原來很不好，所以把你叫回來週末打工幫忙拉抬人氣。』

她打斷我、以一種告狀似的口吻，說。很好笑，她本來一副生人勿擾的樣子，結果魏銘毅一出現反而故意賴著不走還一直搶話講。

『這招很管用！』她得意洋洋的說，孩子氣的炫耀：『是我想出來的！』

『去掃地啦！』

魏銘毅伸出手捂住她的臉、就像他之前伸出手在我臉前捉住一把空氣那樣，只不過對待自己雙胞胎妹妹時力道粗魯很多，然後他轉頭對我說：

『我們換個地方說話好了，這女的很大嘴巴。』

阿Q茶坊，上週六他約了我去的阿Q茶坊，而這週六我們終於一起坐在這裡，不是回憶當年，卻是和好。

試著和好。

當兩杯冰透了的百香紅茶端上桌時，他又問了一次：

『妳怎麼知道怎麼找我？』

「你怎麼找到我的，我就是怎麼找到你的。」我笑著說：「如果不是昨天莊大嬸路過我公司順道送了珍珠奶茶來所以我就想說既然這麼剛好的話也順道問一下好了，否則我大概也提不起勇氣來找你。畢竟，你都不回我的line了嘛。」

他乾乾的笑了起來：

『他老婆知道你們都叫他莊大嬸嗎？』

「唔。」

他還是笑，只是這一次他笑得比較開朗也沒了疙瘩；於是我才得以再一次提起勇氣直白的說：

「嘿！聽我說，電話的事我很抱歉。那兩天我身邊一直有朋友，而和朋友在一起的時候、我通常不會一直滑手機回訊息，因爲我覺得這樣很沒有禮貌，所以也不喜歡我的朋友這樣，我有發現到你也不會這樣、吃飯時還把手機擱在桌上更別提還一直低頭滑手機，我很欣賞你這一點。」

他看著我。我感覺我鼓起的勇氣因此剝落了一些。加油啊居佳欣！頭都洗一半了、加油！

我繼續說：

「然後你打來電話的時候我剛好在洗澡，蔓羚、我朋友她以爲你是我男朋友、所以就接起了電話，我很抱歉她說出那麼失禮的話，不過她當時候眞的是喝多了……我想、我覺得她也不是故意的。」

我感覺他有個什麼想說也有個什麼想問，可是他沒有，他只是繼續看著我，他臉上有個什麼表情我猜不透。

我還是繼續說：

「然後，很抱歉我沒有告訴你我有男朋友，我以爲……我不知道——」

『該說對不起的人是我才對，我應該先問過妳確認才對。』打斷我、他說，他終於開口說：『我也不知道爲什麼會先入爲主的以爲妳是單身，因爲妳給我的感覺好像只有朋友——』

「對不起、總而言之。」

『大概是現世報吧，所以這次輪到我被說對不起了。』

「魏銘毅……」

『這是妳第一次喊我的名字。』

「嗯？」
『能夠親耳聽見妳喊我的名字，原來是這種感覺。』
「……」
『我一直很好奇那會是什麼感覺、看著妳聽著妳喊我的名字，那是什麼感覺？坦白告訴妳好了、我從國中就開始好奇了。』
「……」
『雖然被國中就開始暗戀到現在的女生拒絕了，不過往好處想，總算是有個願望達成了。』
「……」
『好吧、我改口：好奇。如果願望這字眼讓妳感覺太沉重的話。』
「我不——」
『所以呢？』打斷我，他問：『妳為什麼還要來找我？難道是妳覺得當面打槍比較正式？』
我大概是一臉快要哭出來的表情，因為他立刻換了口氣和緩著說：『嘿！我開玩笑的啦。』慌張的伸出手他像是剛才捂著他妹妹的臉那樣子對我，不過語氣完全是不同的溫柔著：

『好！是我的錯，我活該國中時候那麼白痴，所以才會把妳給錯過；只是雖然我現在長大了不白痴了，可是卻還是錯過妳，真倒楣。』

可是結果我還是哭了出來，我根本不想哭也沒想過我居然會哭了出來而且還是在他面前，可是我這星期真的過得好憋很不好過天啊我搞什麼立刻想到髮廊那個想殺了全世界還有他自己的瘋子設計師，我突然瘋狂的想要就這麼一路跑去找他拍拍他的肩膀告訴他媽的雪特我現在知道你那是什麼感覺了我可以原諒你把我燙成舞棍阿伯了我明白到就算你再一次把我燙成舞棍阿伯我都不會怪你了的那種明白！

我哭答答的說：

「我只是覺得那樣很過分而已嘛！我又不是故意要耍你害你難堪而且我想蔓羚也不是故意的、應該也不是故意的啦！我也不知道我幹嘛還要來找你啊！反正親口說一句對不起又改變不了什麼！峻翔也是這樣講啊，就這樣結束不是很好嗎？我知道我都知道啊！」

『喂、喂！』

「可是莊大嬸就是那麼巧的哪天不來昨天來啊！所以我想對啦這是個sign！而且——喔、天啊！說給誰聽啊、這連我自己聽了也不相信的話！可是你也沒有必要說現世報這麼重的話吧？我也被峻翔打槍過啊！可是我們後來還不也是好朋友，他人老珠黃沒男人愛之後還要跑來我家沙發睡耶！所以我就想說那爲什麼我們不能也是好朋友呢？我是眞的很喜歡和你聊天啊！和你聊天的感覺就是很開心啊！開心到我的手機只要叮咚我會立刻嘴角揚起笑因爲我知道那是你我希望那是你那的確通常就是你！這樣有很自私嗎？難道我就因此變成bitch嗎？告白失敗就要變仇人嗎？只有單身的人才可以有異性朋友嗎？大家都這麼挑朋友的嗎？喜歡就只能有一種嗎？又不是棒球比賽成敗就只能一翻兩瞪眼！你們眞的很奇怪吶！」

天啊我一定是瘋了，因爲我先是在他面前哭了，後來哭著哭著卻又生起氣了；而他也一定是瘋了，因爲他先是一副不想要再看到我的樣子了，可是現在他聽著聽著卻又笑了。

『好，是我的錯，我小心眼，沒度量，根本不配當個人。沒問題，我們還是好朋友。這樣可以嗎？』

「勉勉強強啦，」我脫口而出，說完立刻後悔自己得寸進尺；小心翼翼的瞄了他一眼：還好還好，笑容還掛在他臉上。「我猜你大概也沒有多少女生朋友吧。」

『是的沒錯，因爲她們通常不想跟我當好朋友，而且一個個的跟我一樣小心眼又沒度量，眞的是很奇怪吶。』

「不要學人家講話好不好？」

『好，沒問題，對不起。』

太棒了我愛死了！我先是哭了，然後氣了，接著卻又笑了；我的情緒似乎是太容易被他影響了，或許我們眞的就算再喜歡也不該當好朋友吧。

如果不是他接下來說的這句話，或許我就能警覺的認知到這點。

『妳可以不一樣，沒問題。因爲對我而言，妳是從回憶裡走出來的人。』

最後，他這麼說。

第九章

「超過一個星期沒有看到妳，我的日子會過不下去。」

這是我開口的第一句話，而時間是星期五晚上的七點鐘。

當蔓羚看著我帶著兩杯珍珠奶茶以及這句開場白出現在她公司的當下，她的表情很卡通；我很確定我曾經在宮崎駿的忘記哪一部卡通裡看過小女孩臉上出現過她此刻的表情，就是那種三秒鐘之內換過兩種情緒的表情。

『少跟我來這一套、妳。』

她先是搖搖頭，然後表情重新換回我熟悉到不行的石蔓羚，也就是那種走在路上推銷員絕對不會選擇下手型的女生。我有說過嗎？我真的很享受看蔓羚假裝親切的接待客戶推銷車子，看再多次都不會膩的那種享受。

『妳要是接下來敢給我一個大大的擁抱，我絕對會立刻飛踢妳小腿骨。』

「我以爲妳是會報警。」

『不啦，報警是妳的最愛，我就不跟妳搶這個了。』

「那峻翔的最愛是什麼？」

『好了啦！每句每句都要接話。吃了嗎？』

「還沒，算準了妳用餐時間過來的。」

『好個良辰吉時哈！吃個什麼配珍奶好？』

「當然是拉麵！」

翻了個既漂亮又精準的白眼，蔓羚說：

『告訴我、我當初是怎麼跟妳變成好朋友的？』

「那麼久以前的事了誰記得！」

『哈哈！走吧！」

結果我們走去蔓羚公司旁邊的巷內小店——

「我看不出來排骨飯哪裡有比較配珍奶？」

這次換我翻白眼。

『告訴妳、珍奶這種東西只有甜點配！雖然珍奶本身根本就是個甜點！但我餓死了、才不要吃甜的咧。』心浮氣躁的吁了口氣，蔓羚又說：『而且我最近不知是經前症候群還怎的？突然滿腦子排骨飯，我已經連吃了一整個星期的排骨飯了。』

「午餐加晚餐？」

『嗯哼，滷排骨和炸排骨間隔著吃，還好是沒有瘋到連宵夜都吃。』

「我的話是拉麵，不過只有午餐，也是一個星期。」

『哈哈，乾杯啦！』

「敬我們的經前症候群！」

我們舉起珍奶乾杯。

『嘿！聽著，那天電話的事我很抱歉。』

「沒關係啦，我又不會生妳的氣。」

『我知道啊，不過還是想要講一下。確實我是在生氣沒錯，不過清醒之後發現我其實是在氣自己，滿差勁的舉動、我那天。』

「妳只是喝多了而已啦。」

聳聳肩，蔓羚說：『反正，就這回事。』

「既然是這樣的話，妳幹嘛一直不理我？」

『喔，不是妳想的那樣。』蔓羚神祕的笑笑，接著小聲的說：『本來是想確定之後再跟你們說的，不過、我這星期在忙著辭掉工作計劃下一段人生。』

「下一段人生？」

『我就做到月底。』

蔓羚開始說。大概是受到凱樺夢想成眞的影響，她開始質疑自己爲何要遲遲猶豫不決、不敢放手去過自己想要的人生，於是那天走下計程車之後，她直接翻出存摺出來試算，接著打開電腦上網google。

『然後我隔天就遞了辭呈，不是因爲宿醉所以腦子不清楚，告訴妳、眞沒想到原來算術還眞能解酒咧！』

蔓羚俏皮的笑著，接著繼續說：

反正她住家裡基本開銷也不大，再加上從高中就開始打工還有這幾年存的錢其實很夠她休自己一個無薪夢想假，所以蔓羚決定即刻開始她的手作事業，並且行動派的她這幾天利用下班時間已經開始做了好多作品準備放上網拍賣，也打算假日去創意市集擺攤。

『我這星期找了好足夠的資料，好啦，我其實老早就一直在蒐集這些資訊，只是一直看好玩、裹足不前沒去做而已。眞搞不懂我幹嘛一直不敢放手去嘗試，這根本就不是我的個性嘛！』

「說來凱燁決定開衝浪店的事也是好事一件嘛、起碼對妳而言。」

『是啊，反正我們還年輕沒家累嘛！不趁年輕的時候去試、倒是要等到什麼時候呢？反正錢再多也永遠不會有足夠的時候，再說、所謂勇氣這回事，大概是眞的會隨著年紀越大變得越薄吧！』

「就像髮量嗎？」

『反正不會是體脂肪。』

「或膠原蛋白。」

『或——哎喲！好了啦！』

呵呵。

『所以呢，妳和凱燁討論的結果怎樣？』

「我們沒討論，所以還沒有結果。」

天啊我真的不想再聊這個話題了，我爲什麼非得一直聊這個話題呢？難道我的人生就只剩下這個話題好討論嗎？

「然後坦白告訴妳，我已經開始不喜歡這個話題了，只要一聊到就會甲狀腺亢進的那種不喜歡。」

『妳又沒有甲狀腺亢進。』

「我只是隨便舉個例，不然腎上腺素好嗎？」

『好啦我知道，』蔓羚說，然後皺了皺鼻子，『反正我和峻翔都覺得到最後妳還是會搬去墾丁的。』

「怎麼說？」

『因爲妳不會忍心剝奪他的夢想，否則妳當初也不會同意他去那麼遠的地方。』

「……」

『好了啦，別再甲狀腺亢進了。』

「或內分泌失調。」

『或荷爾蒙——吼！我覺得我們眞的要戒掉這白痴的接龍習慣！難道我們三十年後變成老太婆了還要繼續這樣嗎？』

「這樣很好啊。」

嘖了一聲之後，蔓羚不再對話接龍，她換了個問：

『妳明天有沒有要幹嘛？要不要陪我去創意市集先看看情形是怎樣？』

我既爲難又害怕的說：

「我明天有約了啦。」

『咦？妳不是下個月才要去找凱熚？』

「是啊。」

『怪了？妳這個月的準舅媽陪踏青配額不是用完了？』

「嘖，被妳講得我這人過得好空虛的樣子。順道一提我也不是和峻翔約會，因爲他今晚手機整個大關機，所以合理推測他明天應該會和新的愛人在他們的小宇宙裡愉快到整天都不拉開窗簾。」

『不然妳明天是和誰有約？』

「國中同學。」

她警覺的看著我：

『魏銘毅嗎？你們後來還有聯絡？』

我避重就輕的說：

「不是他啦，我又不是只有他一個國中同學。」

我當然沒有說謊只是我也沒有對蔓羚坦白，因為我覺得她不會喜歡我的這個坦白、畢竟我只是說了國中同學她就幾乎像是貓咪拱起背來準備要防衛，而且我很自私的覺得被她冷淡了整個星期已經夠憋夠寂寞了、我實在不想再繼續被她或者冷淡或者奚落再一整個星期。

我其實是要和晨晨出去。

那天她沒騙到我幫她掃店門口，不過那天最後我卻還是幫她拖了店內的地板。我也不太明白事情是怎麼會變成這樣的，不過事情自然而然就變成了這樣。

那天我們離開阿Q的時候，魏銘毅很堅持要請我吃他們家的鐵板燒，於是我就去了因為肚子確實也餓了，說真的並不是太推薦的普普通通鐵板燒、不過女客倒是沒話說的多，多到後來我不再和魏銘毅聊天反而和晨晨聊開來，而、和晨晨聊開來的結果就是我發現自己居然很自然的幫她一起招呼客人，最後我甚至和他們一起打掃店內的清潔。

打烊時晨晨很樂的說：

『嗶！妳這餐眞是請得太値得了！』

「什麼啊，我本來就很喜歡打掃好嗎？」

『眞的嗎？那等一下要不要去我家喝個什麼順便再打掃一下？』

然後他們兄妹倆便開始就此又吵架鬥嘴；我一直以爲雙胞胎的感情應該都很好，不過顯然我唯一認識的這一對並不是，他們從小時候就開始打打鬧鬧、我指的是眞的動手動腳、互扯頭髮搧耳光的那種打打鬧鬧，這情形一直維持到小學時晨晨發現她開始打輸魏銘毅之後才變成純吵架。而我之所以會知道這一堆是因爲這整星期我們三個都在熱線line，我們甚至還開了個社團在line上面三個人一起聊翻天。

我覺得這樣很安全，我的意思是、我們還是好朋友，而且我們可不再只是孤男寡女惹人多想了。

這樣很安全，而且很恰當。我是這樣認爲的，而且、是的，我發現我很喜歡也很高興多了這另一個三人組合的小圈圈。

星期六下午的HOLA，坐在店內沙發上的我和晨晨。

「不好意思喔，不過所謂很酷的地方就這裡？」

『對啊不然咧？』晨晨理直氣壯的說，接著好甜蜜的對著我們前方不遠處的女店員眨眨眼，『我女朋友眞是正翻天對不對？』

「拜託喔，妳也不必特地帶我來陪妳們約會吧？」

『還不是因爲一個人坐在這裡陪女朋友上班很無聊！所以就找妳一起來無聊好了。』

果眞不愧是會拿哥哥FB來向愛慕者交換幫她掃地的傢伙，有夠愛利用人的眞的是。

『難道妳比較想和我哥約會嗎？』

「沒有那回事！」

晨晨哼了一聲，然後好直白的說：

『我看不太懂你們是什麼情形，一開始我直覺認定妳想泡我哥，但後來看著看著又覺得好像剛好相反。』

確實剛好相反，不過那也已經是過去式了，我們現在是好朋友。

「我們就是好朋友，而且我想我告訴過妳了、我有男朋友了。」

這話她想了想，然後一副不是很明白的表情，真搞不懂這有什麼好不明白的。

『妳別看我哥那樣。』

「他怎樣？」

我問，而晨晨露出個曖昧的表情、刻意沉默了好一會兒，接著她賊賊的衝著我笑，笑得我臉都紅了。

『怎樣？妳現在是不是以爲我接著會說：妳別看我哥那樣酷酷的，對每個喜歡他的女生都視之無物、就唯獨對妳不同？』

「並沒有！」

『妳當然是會這麼說。』

「拜託喔。」

『我看過他幾個女朋友，不多啦，大概就三兩個吧，都是妳這一型的，不過都交往不久。難道是心裡有個忘不了的誰嗎？不曉得，他沒跟我說過，』她嘖了一聲，『而且他才沒可能跟我說咧，告訴妳、我毫不懷疑我們在我媽的子宮裡就已經開始互相吐對方口水了。』

「可能還互扯對方臍帶之類的。」

『哈哈！這畫面好笑、我喜歡！』晨晨爽快的笑了起來，然而隨即卻又黯淡著說：『沒有啦，他大概是像我媽媽，看起來酷酷的沒有什麼事情影響得了她，但其實心裡擱了很多事，什麼事都往心底擱。告訴妳、我一點也不介意我爸和別的女人跑了。』

「你爸媽離婚了喔？」

『我們國中的時候。』

「嗯。」

『媽媽睡覺的時候常常做惡夢，我都不知道，根本就睡慘了我，我的個性像我爸毫無疑問像我爸、神經大條得要命，像到根本就是直接的翻版。』

大概是從他們離婚之後開始的吧。晨晨開始說。

她本來也不知道這件事情，是因爲她根本就睡死了，也是因爲高中的時候她幾乎都住在當時候的女朋友家裡；而後來她之所以會知道是因爲考上大學那一年魏銘毅留了紙條給她。

『那時候我大哥在當兵然後他學校太遠了所以住宿，家裡就只剩我和我媽媽，於是他寫了紙條交代我，媽媽半夜常常做惡夢尖叫，要我注意一點，如果有聽到的話要趕快搖醒她，只要搖醒她就好了。

『我不知道他是什麼時候發現這件事情的，不過我想他搞不好從國中的時候就這麼做了，妳知道嗎？他國中的時候成績爛得要命、而且我媽老是因爲他被請到訓導處去道歉，不過當然那時候我爸媽在鬧離婚、或多或少是有影響啦，爸媽老是在吵架、大家心情都很差嘛；不過上高中之後他突然用功了起來，其實我有點懷疑他想考政大心理系是因爲我媽媽的關係，媽媽死也不去看精神科、因爲她覺得很丟臉，不過想想算了啦、反正也只是睡覺做惡夢而已、確實要看不看都可以，只是媽媽的尖叫聲好難聽喔、像是在哭嚎，而且又是在半夜，嚇死人，嚇得我都不敢做惡夢了。』

「呵。」

『所以我說妳別看我哥那樣的意思是這個，他其實心思滿細膩的，雖然看起來一副很愛欺負人的樣子。』

「他是愛欺負人。」

『呵。國中的時候他很喜歡一個女生，不過我不知道是誰，我那時候煩惱自己的事都來不及了、哪有心情理他喜歡誰。』

「妳煩惱什麼事？」

『煩惱我原來愛女生的事情。』

「喔。」

『後來這事就算煩惱到頭頂冒煙反正也解決不了改變不了，因爲愛男生還是愛女生又不是像尊師重道還是孝順父母或者愛護動物這種事情一樣自己能夠決定，所以乾脆大方的愉快的接受就是了。不然怎麼辦？』

「嗯。」

『反正我就是清楚明白的表態了我愛女生，但才不會去弄那些異性戀的女生，這點道理我還曉得，媽的雖然我自己就是女同志，但我也很不屑那種會去弄不應該弄的人的同志好不好？糟糕透了根本就！』

「是呀。」

大概是話題的深度超過了我們原先的友情程度，於是各自小小的沉默之後，晨晨才把話題再帶回：

『我是畢業滿久之後才知道這件事的、我是我說哥暗戀的那個女生，有一次他那群死黨來我家玩時說溜嘴的，然後啦、我就開始逼問他、那女的是誰？不過我哥死也不講，算了、想想也是，換成我是他的話、我死也不會跟我自己講，因爲我一定會搗亂，我很喜歡整他，誰叫他也常常惡整我。』

「哈哈。」

『聽說還寫了紙條告白喔，眞是有夠白痴的，都什麼年代了還寫紙條，搞不懂他們那時候都在亂出什麼餿主意。怎麼不來問我咧？眞是的。』

原來他騙我喔，原來他喜歡的女生另有其人、或者是他同時喜歡很多人，也是啦，天菜嘛。我有點驚訝的發現我居然很不是滋味。

我幹嘛不是滋味？

不知道那個女生是誰？不知道他是不是也把欺負她當成是喜歡呢？

「結果呢？那女的有答應嗎？」

『沒有，聽說好像當場就撕了紙條，因爲她被他欺負得很慘，反正就是那些幼稚園男生捉弄喜歡女生程度的蠢事，有夠白痴的，他爲什麼就不能像我一樣好好的追女生呢？我很樂意教他幾招的嘛，不過當然啦、在教他之前還是要先好好的嘲笑他一頓！』

「……」

『不過他後來也不敢再喜歡她了，因爲有個瘋女人放話說要把那女生拖進去女廁痛扁一頓。』

「吭？」

『嗯，一個到處放話自稱是魏太太的女生，我忘記她哪一班叫什麼名字了。』

「是不是長得很高的一個米粉頭巨妞？」

『對！對！妳怎麼知道？』

因爲我就是那個苦主，而米粉頭巨妞確實也來堵過我，只是我並沒有被拖進去女廁痛扁一頓而只是被她叫去走廊而已，或許是因爲我當時冷靜到幾乎自暴自棄的態度嚇到她、救了我，原來他在照片裡拍學校的女生廁所外觀是這意思；不過我沒收到紙條，難道是他們把紙條拿給珮甄請她轉交給我、結果珮甄卻當場撕了嗎？

我突然好想問問珮甄，可是我已經沒有她的手機號碼了，她應該沒有搬家吧？但她還住家裡嗎？只是我問這個幹嘛呢？都已經事過境遷了不是？

而我只是在想：如果我當時候收到紙條的話，我的反應會是什麼？我們的後來就會完全不一樣了嗎？

天曉得。只有天會曉得這種如果的事。想破頭也沒有用。

「我沒收到紙條。」

『什麼？』

「沒事。」

楞了好一會之後，晨晨壞壞的笑笑，他們的這個笑容簡直一個模子刻出來的，眞的一個模子刻出來的。

『難怪。』她曖昧的笑笑，接著起身，說：『好啦！謝謝妳今天陪我陪女朋友上班，讓我送妳個蠟燭吧。』

「爲什麼是蠟燭？」

『心情不好亂糟糟靜不下來的時候就一個人點蠟燭啊，把燈關了門關了心關了讓世界變暗了，陪著蠟燭默默掉眼淚啊，很有淨化心靈的效果喔。妳喜歡什麼香氣的？』

「我不喜歡有香味的。」我說，然後問：「妳到底突然要送我蠟燭幹嘛啦？」

『因爲妳剛剛的那個表情讓我覺得妳好像會需要個蠟燭點。』

「什麼表情？」

她沒回答我，她自顧著繼續說：

『或許你們兩個都需要個蠟燭點。』

「……」

『或許我哥這陣子已經燒光了不少蠟燭了，因爲這招是他教我的其實。』

最後，晨晨這麼說，不知道爲什麼，當下我想起她重複了好幾次的：妳別看我哥那樣。

第十章

『我是不是很久沒有看到妳了？』

在假日創意市集上，蔓羚的手工藝品攤位前，峻翔誇張著語調問我。

『是啊，惡人先告狀嘛你，你家的窗簾倒是終於拉開了沒有？』

峻翔的臉美美的紅了起來，而蔓羚也是，不過她不是因爲害羞而臉紅，而是生氣：

『拜託喔！不要在這種地方聊這種話題好嗎！』

「什麼話題？」

『關於他們爲什麼拉上窗簾的話題。』

『眞的不聊嗎？光想就很讚！』

蔓羚瞪瞪他，而峻翔咳咳咳，然後小小聲的嘟噥著：

『說來，最忙的是這女的吧？』

「對啊！」

『我們究竟是多久沒有三個人碰面了？有沒有一個月了？』

「快要了喲。」

『天啊！我埋在家裡做這些已經快一個月了嗎？我完全失去了時間感！』

蔓羚驚呼著，然後是峻翔：

『天啊！我家裡的窗簾已經一個月沒有拉開了嗎？終於不再遇人不淑了我！』

『拜託喔、你！』蔓羚白了他一眼，然後問我：『那妳呢？這陣子在忙什麼？聽說妳上星期有事所以生平第一次不去當準舅媽陪踏青？』

「嘖！妳這女的在忙碌創業之餘還不忘更新我們的生活近況嘛？」

『那當然！我就是這麼用心地愛你們，再忙也要愛你們！否則你們這會兒怎麼會犧牲美好的假日時光、聚在這裡陪我擺攤呢？』

『咳咳，那應該是某人放話說，她的婚禮可以不去，但生平第一次擺攤要陪吧？』

我們同時笑了出來，然後三個人擊掌歡呼。

『不是說我沒誠意，不過、』峻翔害怕的瞄瞄蔓羚：『不過妳倒是什麼時候要收攤？已經快要晚餐時間了所以……咳咳我想說是不是可以一起吃個晚餐什麼的。』

『當然！一起在這裡吃便當好嗎？我請你們！』

「呃……」這會兒換我害怕了：「不早講！我有約了耶……」

然後，立刻，他們連珠炮的問：

『妳不是明天才要請特休去找凱燁嗎？』

『有約？和誰？』

和魏銘毅以及晨晨，我們要去貓空看夜景，我想說，但不知道為什麼我不敢說，我只說：

「我跟朋友約了等下要去貓空。」

『跟誰去跟誰去？我也要跟～～』

『吼你們！』

蔓羚突然說，不過卻不是對著我和峻翔說，順著她的視線望去，我驚訝的看著凱燁手裡抱著一束花正慢慢朝著我們走過來。

我們都驚訝。

驚

訝

『噁心耶、你們！都交往幾百年了還搞surprise這一套！』

『我也要跟你們去貓空可以嗎？我保證會很安靜，不會妨礙你們甜蜜蜜！』

『什麼貓空？』

凱燁不解的反問峻翔，於是峻翔低頭看著我，而我尷尬的轉頭看蔓羚，最後蔓羚抬頭看著凱燁，說：

『沒有啦，佳欣剛在說想要去貓空看夜景這樣。』蔓羚快快的說，然後立刻轉移話題，問：『你不是明天休假嗎？怎麼今天會跑來台北？』

『那當然是因爲今天是妳第一次在市集擺攤哪，所以和同事換假回來看看妳成果怎麼樣，』凱燁笑著說，然後把花遞給蔓羚：『祝妳開市大吉！』

『學一下好嗎？你們！』

『好啦，不然、我去買便當好了！排骨便當好嗎？』

『好！』

『不用買我們的了，』凱燁說：『我跟你們借一下佳欣吃晚餐好嗎？』

『呃……我不確定算不算是跟我們借。』

峻翔說，然後立刻被蔓羚架了個拐子：

『去買便當啦你！還有、我要喝隨便哪家的百香紅茶微甜正常冰！』

「我先打個電話好嗎？」我說：「我本來跟朋友有約了。」

『喔，好。』

『你眞該先打個電話的。』

背後，我聽見蔓羚這麼對凱燁說。

我選擇打電話給晨晨，在忐忑不安的解釋完爲何我突然必須晃點他們時，她的反應是令我驚訝的爽快：

『好啊！改天再約就是了！我這個人很free的！』

鬆了口氣、我。

『不是說在鼓勵大家見色忘友，不過說眞的、往後躺在妳枕頭旁邊陪完下輩子每一天每一夜的人是他不是我們這些朋友，所以對妳而言最重要的人是他不是我們，妳完全不必那麼緊張沒關係！嘿！妳剛剛是在緊張沒錯吧？』

「沒錯！」根本就緊張死了、一開始，「那，妳可以幫我跟妳哥說嗎？」

晨晨還是一派的輕快，只不過她這次是很輕快地想也不想就拒絕：

『咦—我不要！』

「爲什麼？」

『臨時晃點的人是妳不是我，我幹嘛要替妳講？』

「妳剛不是說——」

『對對！我剛是這樣說，不過那是我，換成是我哥的話……』她吹了個口哨：『我不覺得那個霸道的機車鬼是個可以臨時被晃點的人，難道妳這麼覺得嗎？』

對，我也不這麼認爲，這就是爲何我一開始緊張的原因。太棒了我愛死了！

這下子我不但重新又緊張了起來而且還是double的緊張了起來。

「拜託啦求妳啦，不然我下星期每天都去幫妳關店好不好？」

『嗯，這個嘛……好！妳說服我了！』

嘖，這個果然愛利用人的臭女人。

我把耳朵貼在手機上頭、聽著她的腳步聲上上下下走來走去，接著她的聲音由小而大重新回到我的耳邊：

『怪了，他不在家耶。』

「咦？」

『我大嫂說他已經出門了，他好像說要先去市集等妳。』晨晨跟旁邊的人嘟囔著什麼，然後說：『我等一下確定之後再打給妳。』

「好。」

低頭，我掛了電話，抬頭，我看見魏銘毅就站在轉角處，他沒有看見我，還沒有；我看著他的手機響起，我看著他接起，我看著他的臉色暗下來，我看著他看見我。六個人的距離。我突然想起蔡健雅在goodbye&hello這張專輯裡的〈誰〉這首歌這MV裡，開頭的這一串字幕：

我與世界上任何一個陌生人的中間距離不會超過六個人。

我不知道我爲什麼突然想起這MV這句話，我只知道我想著要不要走過去和他說些什麼，或許是抱歉爽約了，或許是……

或許是抱歉，我從一開始就不應該假裝我們可以是朋友，我不該任性的要求我們還是好朋友。

我從來就不是任性的女生，可是他卻害我任性了，變得任性了。

原來我是個任性的女生，原來。

任

性

我結果還是沒有走向魏銘毅，因爲此刻凱燁走向我，從背後牽起我的手，我看著魏銘毅看著這一切，他動也不動的就站在轉角看著我和凱燁，他臉上的表情有個什麼讓空氣變稀薄了。

『怎麼了？』

凱燁的聲音打破我胸口的悶眼前的糾，我轉身看著他，然後搖搖頭，再轉身時，魏銘毅已經消失在人群裡。

「不止六個人的距離。」

『嗯？』

「沒事。」

『想吃什麼嗎？我今天開車來。』

「都可以。」

『去陽明山好嗎？屋頂上。上次回來的時候，好像聽峻翔說妳想去那裡。』

「都可以。」

我說，我眞想說個什麼其他的話語、除了都可以這三個字之外的其他什麼回答，可是沒辦法，我腦子好擠我胸口好悶我眼底深處一直一直還殘留著魏銘毅當下的那眼神那表情，彷彿是烙下了在我視網膜那樣。

彷

彿

『還是想去貓空呢？妳和朋友本來約好了要去貓空？』

「不要！」

『嗯?』

「沒事。」搖搖頭,我試著讓自己振作起來,我說:「我還不餓,我們先開車繞繞好嗎?或者隨便你想去哪都可以,我沒意見。」

『好。』

上車,開車。

我不知道凱燁想要去哪,我想他大概也不知道,因爲看起來他像是正在開車亂繞,哪裡車少就往哪開,哪裡綠燈就往哪轉。

我想找個什麼話聊,可是我想不起來要聊個什麼,我怎麼會不知道該和凱燁聊什麼?從什麼時候開始和凱燁聊天居然要花力氣想?怎麼會這樣?我們怎麼會變成這樣?

『妳這陣子好像滿喜歡往山上去,』打破了沉默,凱燁說:『仔細想想,我們的確好久沒去看夜景了。我們以前還滿常去的,不是嗎?』

「是啊。」

『滿好玩的,仔細回想起來。妳是個喜歡往山上去的人,泡溫泉哪看夜景什麼的，而我卻喜歡往海邊跑，我總是要妳陪我往海邊跑。』

「不要這麼說，你也很常陪我去山上，陽明山哪烏來啊，尤其是烏來，我們總去烏來泡溫泉。」

『是啊，無論是我們兩個，或者和他們四個，眞的是很不錯的時光，很美好的回憶。』

回憶……

『想來自責哪，我們最後一次去烏來已經是多久以前的事了？』

「不會啦，我們還是滿常去的，我是說我和蔓羚他們。」

『眞是多虧了他們，還好有他們代替我陪妳，否則妳可能早就甩了我吧。』

「不要講這種話！」

不要用這種口氣，講這種話。

不

要

『很好笑，都已經好幾年前的事了，不過我還是很清楚的記得第一次看到妳的畫面。』

「嗯？」

『妳和峻翔到我們餐廳探蔓羚的班，最角落的位子、我還記得，記得很清楚，我看著妳和峻翔坐在最角落的位子，我整個人好不自在，是的、這就是看到妳當下的第一個反應，我不自在，連盤子都忘了該怎麼端才好、連客人該怎麼帶位才是都忘了的那種不自在。

『因爲我好怕妳會看見我一直在看妳，因爲我的視線無法從妳的身上移開，倒是蔓羚好開心的跑過去找你們聊天，一直跑過去找你們聊天，惹得店長很不高興哪！』

「呵。」

『然後我以爲你們是男女朋友，你們看起來好登對。』

「是啊，沒想到往後這幾年我們還是被這麼認爲吧？」

『是啊，呵。』凱燁笑了一下，有氣無力的，『然後店長要我去告訴蔓羚好好工作不要一直和朋友聊天，我說好，但結果我卻是把蔓羚叫過來，問她、你們是不是一對。』

「呵。」

『當蔓羚笑彎了腰說不是，而且妳還是單身的時候，我開心的想要幫店裡全部的客人買單，眞的我開心到這種程度。』

「……」

『坦白告訴妳好嗎？我其實一直覺得我配不上妳。』

「凱燁！」

『妳有那麼多人追，可是妳卻選擇我，我——』

「你知道我很喜歡你，那就是爲什麼當初我選擇的人是你，不要有這種想法，好嗎？」

『我知道，只是……』

我打氣似的拍了拍凱燁的大腿，而他握了握我的手，接著他放開手，然後深呼吸，然後說：

『我決定回台北了。』

「咦？」

『不開店了。不！我的意思是，不在墾丁開店了。我決定先回台北工作，或許三兩年後再和米度合開一家咖啡店，賣好吃的早午餐，偷一點墾丁的悠閒、從開店到關店都賣早午餐的那種咖啡店，店裡可以展示蔓羚的作品販賣，或者妳的貓也可以待著當店貓，這樣妳就不用老是自責一直讓牠獨自在房間裡耍自閉。』

「我想牠不在乎，牠一直就有自閉傾向，有時候甚至不太理我。」我很快的說，然後問：「那你的衝浪呢？」

『還是可以去哪！不會因此就放棄。』苦笑著，凱燁說：『畢竟這是比較好的選擇，我們可以不必分隔兩地，妳可以繼續留在台北，不必放棄妳熟悉的熱愛的生活圈，而我還是可以繼續衝浪哪，趁著休假開車去宜蘭又不遠。或許我生命裡的順位是該調整了，早該調整了，不應該等到來不及才調整的。』

「……」

『還是得顧慮現實哪、畢竟，往後我們一定會有小孩的，這樣的話住在台北還是比較合適的，我們的爸媽呀、什麼的；而且重點是其實妳並不願意離開台北，對吧？』

「對，而且我也不喜歡鐵板麵加兩顆蛋。」

『天哪，』凱燁立刻意會過來地笑了起來：『婷婷還在把她和我爸的早餐約會掛在嘴邊？』

「是啊，夠驚訝吧？還有：我們到了嗎？」

『天啊，我真的是太久沒有和她們出去玩了！真沒想到居然一點變也沒有。』

我很高興婷婷讓我們的話題變得輕鬆了起來，我其實很喜歡婷婷，只不過是不是可以有一次她可以不要再提鐵板麵加兩顆蛋了呢？

「那、你的夢想呢？」

『……』

「我沒看你那麼快樂過。」

『嗯？』

「當你說你計劃好了要在墾丁開衝浪店，還有那個你的衝浪同好——」

『蔡大欣。』

「對！蔡大欣。那是我看過的你、最快樂的時候，你很喜歡他，就像我很喜歡蔓羚和峻翔一樣。」

只是差別是：提起衝浪店和蔡大欣時候的凱燁，夢想已經不是在他的腦海裡他的想像裡，而是近在他的眼前，或許就是下個月，那麼的具體。

儼然成形的具體。

「你辭職了嗎？」

『還沒，我想先跟妳討論過再決定，畢竟，這是我們兩個人的未來哪。』

「我不忍心你爲了我放棄你近在眼前的夢想。你們連房子都已經裝修得差不多了，不是嗎？」

『是啊，但……』直視著前方，凱燁一點表情也沒有的說：『但是，我更害怕失去妳。』

「……」

『我好怕妳不要我了，』凱燁說，艱難的說：『妳好像有點變了、這一陣子以來。妳、是不是心裡有別人了？』

「……」

『嘿，這首歌來得正是時候呢。』

「嗯？」

『蔡健雅的，空白格。』

指著車上的螢幕，凱燁說：『很好笑，我以前很喜歡蔡健雅，每年的春浪音樂節都期待著她是不是會再來呢？她的live很棒，不華麗，完全不華麗，但是很棒，氣氛很棒，在戶外吹著風、聽她彈著吉他唱現場的感覺很有味道很舒服。可是這首歌，現在聽這首歌，我……嗯。』

不想讓你爲難　你不再需要給我個答案

我想你是愛我的　我猜你也捨不得

但是怎麼說　總覺得　我們之間留了太多空白格

詞／曲　蔡健雅

第十一章

魏銘毅沒再找過我而我也沒再找他，我想這樣也好，或許就像峻翔一開始說的、我們本來就應該那樣結束不再不乾不脆的當朋友，假裝還能是朋友，假裝還是好朋友。

或許人的自私本來就該要有個限度的。

倒是和晨晨還是頻繁的見面著，我們晚上甚至還經常一起到運動場夜跑然後再去吃宵夜把燃燒掉的熱量補回來還加倍吸收，託了這個吃不胖的臭女人的福、我因此發胖不少；一個星期有兩個晚上的時間我會和晨晨去夜跑，然後一個晚上的時間是和峻翔晚餐約會逛街，有的時候他男朋友也會一起，滿體貼溫和的一個人、峻翔的男朋友，感覺很像凱燁的同志版，當我把這個發現告訴凱燁的時候、他的聲音聽起來有點奇怪，後來他為難的告訴我、他不喜歡這個話題；而剩下的兩個晚上時間我會待在家裡當乖女兒陪爸媽吃飯並且等寶傑上班告訴我們外星人的近況或者美國帝國主義的邪惡陰謀以及外星人與美國的邪惡陰謀如何聯手對付地球；週六則固定待在家裡打掃房間還有陪貓玩，不再去鐵板燒陪晨晨上班順便被她利用打掃地板，因爲我怕會在那裡遇見魏銘毅，嘲笑我想太多好了我不在乎，但我眞的害怕他會因此躲我而不再去鐵板燒賣男色因此週末的生意大下滑；週日沒有一次例外是去蔓羚的攤位當義工，而峻翔沒有一次例外的也會來，自從我把晨晨的鐵板燒美男計告訴蔓羚之後、蔓羚就開始心花怒放的命令峻翔每個星期日都要去露面一整個下午，眞是對不起了、峻翔。

我不再陪凱琪和婷婷去一個月一次的週末踏青，我很客氣並且婉轉的告訴凱琪其實我一直就不喜歡和她們的週末踏青，不過如果換成是陪她們去親子餐廳吃個飯什麼的我還是相當樂意的；對此凱琪看起來相當驚訝的樣子，於是我才知道、原來以前的我很會假裝。

眞是不明白爲什麼這麼假仙的人他們還願意愛我。

好好小姐當累了，我。

六個人的距離，不止。

不止了。

不

止

我以爲日子會就這樣過下去，直到結婚之後依舊大致如此、只是稍做更改，我覺得凱燁的提議很正確也很恰當而且完全顧及了我們的未來以及包含在我們未來裡的他們所有人，但不知怎的、我卻遲遲無法下定決心讓他還有我們過這樣子的生活，因爲所謂的恰當是對誰而言呢？我不知道，我只是隱隱覺得有個什麼不對。有個什麼東西卡住了、我是這麼覺得的。

我眞想把耳朵關起來，叫那憑空出現的小聲音滾開。

滾

開

我以爲日子會就這麼過下去，也試著調整心情準備讓日子就這麼過下去，可是貓卻改變了這一切。

貓不見了。

貓曾經離家出走過一次，在我把牠接過來養的第一年。合理推測是因爲發春所以離家出走，那一次我們找了好久、久到幾乎都放棄了的時候，有一天我媽下班回家的時候卻看見貓自己回家了、還好端端的睡在我房間門口的腳踏墊上；牠看起來瘦了很多而且不知去了哪的全身又臭又髒但眼神卻異常興奮還閃著亮光，顯然是相當滿意自己爲地球上的貓族延續了滿不錯的後代；於是那天我們不得不做的第一件事情就是帶牠去結紮，說帶牠去結紮其實不太正確，因爲貓彷彿知道了我們的意圖而四處跳躍躲藏，不得已我們只好很下流的請獸醫師帶著麻醉槍來家裡射牠一劑再帶去結紮。

後來貓就開始自閉了起來。牠知道我們對牠做了什麼卑鄙的好事、而且對此很不爽快，雖然我媽一直強調沒有牠本來就長那樣，不過我還是偏執的如此認爲，我還想像如果貓會說話的話，牠開口的第一句話大概會是：妳這個陰險鬼居然用麻醉槍對付我？

往後回想我相當驚訝地發現到、如果貓不見的那天晚上我是約了峻翔晚餐或者是待在家裡等寶傑上班的話，結果就會完全性的不一樣了。

無論如何發現貓又不見的那天晚上我是和晨晨約了夜跑，我當時心急的連通知她取消也忘記，就這麼和爸媽分頭在街上尋著找著，直到晨晨來了電話問我搞什麼人咧在哪的時候，我才崩潰的歇斯底里著：

「我的貓不見了！」

『什麼東西？』

「我下班回家的時候發現貓不見了！不知道是誰忘了把陽台的窗戶鎖上，所以那隻賤貓又偷跑出去了！那隻賤—貓！賤貓！」

『嘿嘿！妳冷靜一點好不？妳在尖叫妳知道嗎？』

我不知道也不在乎，我繼續尖叫：

「我爸媽本來有事但我忘記他們本來是有什麼事！反正我就立刻打電話給他們說貓又不見了然後他們就取消回家一起找貓！我不知道貓是什麼時候偷跑掉的牠跑掉多久了可是街上車子這麼多牠又好久沒有離開過我家牠還會躲車子嗎牠會被嚇死牠光是看到家裡的陌生客人就嚇得跑去躲起來牠——」

『呼吸，妳先深呼吸。』

呼吸，深呼吸。但沒用，我開始哭。
『妳現在人在哪裡？』
「我不知道！」我哭著大吼：「轉角有個7-11什麼的吧、我想！」
『轉角有個7-11？很棒，很明確！』晨晨快快的嘖了一聲，然後命令著：
『算了。妳先把貓的照片line給我，我一起幫妳找。牠叫什麼名字？』
我大吼：
「沒有！」
『什麼鬼？』
「牠叫作沒有，我的貓，名字叫作沒有！」
『什麼鬼名字！』
「牠不喜歡這個名字所以我總是只叫牠貓而已，不過我爸媽還是會叫牠沒有
所以嚴格說起來牠有兩個名字一個是貓一個是沒有！」
『冷靜、冷靜！』
冷靜，冷靜。
「牠是隻虎斑貓！黃色的！長了一張很囂張的不屑臉！除了我和爸媽之外沒

有什麼人喜歡牠，可是牠根本也不在乎！」

『深呼吸，然後冷靜下來，再把貓的照片line給我。』

最後，晨晨這麼說。

深呼吸，冷靜下來，把沒有的照片line給晨晨，然後我繼續找貓，毫無頭緒並且心慌意亂的找貓，一條街一條街的找，一次又一次的呼喊著沒有，像個瘋子似的、但我才不在乎，我只想找到牠，牠都已經被結紮了牠還離家出走幹嘛？牠老年痴呆了嗎？牠不是知道自己被結紮了嗎？混帳！

不確定是過了多久又找了幾條街之後，我的手機再一次響起，而來電的人，是魏銘毅。

『我妹跟我講了，也把照片line給我了，我人在捷運上大概再三站就到了。妳今天出門的時候牠還在嗎？』

「還在，而且我還幫牠換了貓砂。」

他用一種哄孩子的口吻，溫柔的安慰著：

『那就好，才一天不到的時間，牠走不遠的。而且我們人又那麼多。』

「什麼？」

『我叫我同學也幫忙找，照片都line給他們了，而且他們也都已經出動分頭去找了。』

「謝謝你……」

『不過牠眞的叫作沒有？』

立刻冷靜下來，我說：

「對。」

『什麼鬼名字。』

他最後說。

很奇怪，同樣沒有禮貌的同一句話，但不同的是，這次，我卻破涕爲笑了。

大概是這次認識的不認識的全都動員了起來的關係，我們很幸運的在當天就找到了沒有，當他們抱著沒有遠遠朝我走來的時候，我先是又哭又笑，然後把沒有接過手的時候後以爲我會狠狠打了牠屁股好幾下才關進籠子，可是結果我並沒有，結果我只是很冷靜的直接把牠關進貓籠裡，並且同時在心底跳針似的吶喊著告訴自己：都已經過去了沒關係都已經過去了沒關係都已經過去了沒關係都已經過去了沒關係都已經過去了沒關係都已經過去了沒關係——

我沒想到魏銘毅在電話裡指的他們就是他國中時的那群黨羽而且還是原班人馬一個不少！

我替自己感到欣慰、因爲起碼這次我的表現鎭靜很多、我是說比起第一次在莊明通的喜宴結束時、我看見魏銘毅的反應是當機立斷的拔腿快跑，這次的我沒有拔腿逃跑（雖然當下腦子裡是閃過這念頭沒錯，不過考慮到沒有還在他們手上……），我反而能夠很理智的開口說話。

「謝謝你們……」我說，然後低頭看了看錶，居然這麼一晃眼寶傑都要上班了，「讓我請你們吃個宵夜答謝好嗎？眞的是太感謝你們了、因爲！」

『好啊！學校附近的那家永和豆漿要不？』晨晨爽快的搶在大家回答之前、說：『好久沒去吃了！突然好想吃！』

『妳還眞是一點也不客氣喔。』

魏銘毅說，然後這雙胞胎連同他的那群弟兄們又開始鬥嘴吵了起來。

我沒想到他們居然還保持著聯絡，我連和珮甄都已經沒有了聯絡。

「好啦，不然你們先去好了，我得先把沒有帶回家，而且也得打個電話跟我爸媽說沒有找到了。」

『好！那就這麼決定了！』

結果當我帶沒有回家並且確定窗戶都好好的鎖了起來之後，去到晨晨說的那家永和豆漿時，卻發現店裡只有魏銘毅一個人坐在那裡喝著米漿吃著韭菜盒子，我很驚訝的發現、我居然一點也不驚訝。

『我有告訴他們根本就不必這樣，不過他們就是不聽。』抬頭看見我之後，不等我問、魏銘毅就先說，『我妹的餿主意，他們去吃麥當勞了。』

「呵。我猜晨晨猜到那女孩是誰了。」

魏銘毅聳聳肩膀，不是很願意繼續這個話題：

『他們說能夠幫上妳這個忙就很高興了，他們覺得這是最好的sorry。』

「選個喜歡的水。」

『什麼？』

「沒事。」我說，我苦笑著說：「我還以爲你不理我了。」

『是啊，本來我也這樣以爲，』魏銘毅說，而表情，同樣是苦笑；他頭低低的不看著我，他說：『不過，妳要記得這件事情，我永遠不可能拒絕妳；當妳有任何需要的時候、我永遠不可能會拒絕妳，我永遠會盡我所能的幫妳。』

「……」

『算了，說這些無濟於事的話幹嘛呢？』撇了撇嘴角，魏銘毅換了個輕鬆的話題，說：『妳要吃什麼？我去幫妳拿好了。』

「我吃不下。」

『爲什麼？我們不是找到沒有了嗎？牠有受傷嗎？』

「不是、只是——」

只是我沒想到原來我這麼想要再見他一面，直到眞正又見到他的面之後，我才知道原來我眞的眞的、好想再見他的面，哪怕只是再一面。

或許太希望發生的事情，反而會刻意絕口不提吧、我想。

『這樣吧，帶妳去個地方要不要？』

「該不會又是HOLA吧？」

『什麼HOLA?』

「沒事。」

魏銘毅歪著頭看我，但我不再開口亂說話，發現到這一點之後，他開口說：

『這附近的公園，我們去溜滑梯。』

「溜滑梯?我們去溜滑梯幹嘛?」

『餵蚊子啊。』

「呿。」

眞不愧是雙胞胎兄妹，一個帶我去HOLA看女朋友上班，一個帶我去公園躺溜滑梯。

公園裡的溜滑梯，平行躺在溜滑梯道的我們兩個人。

「今天是月圓呢。」

『是啊，可憐的都市人沒幾顆星星可以看，不過我們總算還是有月亮。』

「呵，怎麼會想到來這裡的?」

他其實還滿常來的，魏銘毅說。一開始是帶小姪子來的，當他開始會走路的時候，他就開始帶著小姪子來這裡玩溜滑梯，麥當勞的小朋友太多了，小姪子搶不過那些大的小朋友，所以就改成帶來這裡了，雖然沒有冷氣而且蚊子的確是太多了，不過這也是沒有辦法的事情。

『不過他現在也是大的小朋友了，所以我妹就開始換成帶他去麥當勞搶溜滑梯了。』

「看不出來你是個會喜歡小孩子的人。」

『是啊，眞是感謝我媽給我生了這麼一張難親近又愛欺負人的臉。』

「呵。」

『不過這也是我小姪子教我的，躺在溜滑梯上看天空。心情不好的時候我老會想著要這麼做，不過身邊沒有個小孩子的話，自己跑來這裡實在是很奇怪啊。』

「還有吹泡泡也是。」

『嗯？』

「我小時候很喜歡玩吹泡泡，不，其實我直到現在也還是很喜歡吹泡泡，」還有芭比娃娃，還有旋轉花木馬，還有——算了，我不想再講了，好啦，蓬蓬裙，然後沒有了，眞的。「不過自己一個的時候，實在拉不下臉去買泡泡水更別提在草地上吹泡泡啊，已經是這麼大的一個人了啊、畢竟。」

魏銘毅暖暖的笑著，然後說：

『現在就去買泡泡水要不要？』

「別傻了，」我說：「7-11又沒有賣，實不相瞞我有偷偷檢查過。」

『呵，白痴，幹嘛那麼在乎別人的看法。』

「你不也是？」

『也是。』

也是。

『我最近一直很想這麼做，一直很想躺在溜滑梯上看著天空，藍天白雲也好，夕陽黃昏也行，但沒想到結果是跑來看圓圓的滿月和少少的星星，而且沒想到居然是和妳一起。』

「……」

『嘿，聽著，那天、妳知道我指的是哪一天，那天之後我有想過要好好的和妳談過，好聚好散什麼的，不曉得這四個字合不合適、但，管他的。我的意思是，我也不想要沒說一句再見就這樣避著對方不再見面，好像對方從來不曾存在過似的，我也不喜歡這樣，可是我又能怎麼辦呢？我該如何避開喜歡這兩個字卻還能夠正確無誤的表達呢？』

「你會遇到更好的女生的，你一定會遇到更好的女生的。」

『我不要更好的女生，我就是只想要妳，說我自找的吧，我不在乎。』

「……」

『知道妳有男朋友之後、我也試著調整自己的態度，就像妳說的、我們還是可以只是好朋友，我試著這麼調整，也盡可能這麼表達，我很高興我妹這時候介入，很高興因爲她的存在讓我們的相處變得比較自然，而且、也讓妳不必爲難。』

「我不……爲難吶。」

『嘿！聽我說，讓我說好嗎？因爲這些話可能就說這麼一次了，而我們，可能也就見這最後一面了。』

這麼殘忍的話，他竟能說得如此平靜？他怎麼能夠辦到的？可以分我一點嗎？

『我試著只當妳是朋友，心裡想著只要還能再見到妳的面就好、管他是什麼身分情人還是朋友，也確實我們後來就是以朋友的姿態相處，可是行不通了，其實根本就只是自欺欺人的假裝而已，當我看著他出現的時候，當我看見你們站在同一個畫面的時候，一切一切的假裝，瞬間都瓦解了，再也不想要自欺欺人了，本來就不是能夠自欺欺人的個性！不過、總之我是試過了，所以，也不會後悔的。』

「……」

『告訴妳，我不羨慕他的長相他的職業他所有的一切，我只羨慕他擁有妳，我眞羨慕他擁有妳。』

「……」

『單單只是看著他牽著妳的手，我都已經感覺被撕裂了，我嫉妒得快要死掉了，根本就不能呼吸了，他擁有著我一直以來就好想擁有的女孩，我從國中開始就一直愛著她的女孩，

『所以我才知道，原來我喜歡妳的程度已經遠遠超出我能夠控制的程度了，

所以，是的，我們不要再見面了好嗎？我們眞的不適合再見面了，也不應該再假裝還能夠是朋友了。』

「可是——」

『所以，所以妳必須狠下心來不理我，因爲我辦不到狠下心來這麼對妳。』

「……」

『因爲，因爲如果不是太愛妳了，我也不願意祝妳幸福。』

我不知道魏銘毅現在是什麼表情，眼眶是不是紅了？我們之間隔著溜滑梯的滑道看不見彼此，這讓我感覺到安心，很安心，我不想讓他看見我的眼眶紅。

遙望著天上圓圓的月亮，無牽無掛似的高掛在夜空之中，那天在凱燁車上聽到的蔡健雅的〈空白格〉突然響起在我的耳膜，以無聲的姿態。

詞／曲：蔡健雅

也許你不是我的　愛你卻又該割捨

分開或許是選擇　但它也可能是我們的緣份

鼓起勇氣，或者應該說是，下定決心，終於下定決心，我說：

「可是我並不想要就這樣不能再見你的面。」

『嗯？』

仰望著月圓，我說，我坦誠的說：

「就像你說的，你試過了，你嘗試著我們只是好朋友，而我呢？我也這麼嘗試著，也這麼假裝著，假裝得好快樂，因爲太喜歡和你在一起了，喜歡見到你的面，喜歡和你一起說說話，喜歡到就算是假裝的也可以。

「所以第一次，你說不要再見我，於是我主動去找你，或許我那時候就已經喜歡上你了，只是我不知道，或者是不願意承認，因爲這是不對的，因爲我有男朋友，而且我們交往好久了；但第二次你不見我了，你避著我，我告訴自己，對，這樣是對的，才是對的。妳不能夠那麼自私，確實是不能夠再一次自私。

「可是結果呢？結果我卻發現我很想你，很想再見你一面，很傷心你不再見我的面，你害我覺得自己像是個婊子！明明已經有了男朋友，卻一直一直想著別的男人、想著你，我本來不是這樣子的人！這麼多年以來、不！是活到現在的這輩子以來，我都沒想過我居然會是這樣子的人。

「你害我覺得自己是個婊子，你害我變成我最不喜歡的那種人，我不喜歡到甚至不想要說出出軌這兩個字來，可是是的沒錯，你害我變了，你害我變得好討厭自己，你害我有點太喜歡你了，我應該是要氣你，很氣很氣你，可是結果我卻愛上你，根本就失控了的那種。」

『……』

「這夜色這氣氛點個蠟燭應該滿不錯的吧？」

『呵，會被警察驅趕吧？』

「告訴你，我真的好厭倦活得這麼理智又合理了，都是你的錯，害我發現了另一個自己。」

『好，都是我的錯。』

「嗯，原來把犯的錯都推給別人感覺這麼好。」

他在溜滑梯的另一端笑著。

「你有A型肝炎嗎？」

『什麼？』

我沒有回答他什麼，我只是起身再傾身吻上他。

「唔，有韭菜的味道。」

『過來！』

在皎潔的月光下，我們長長的吻著，長長的。

管他的，我聽見耳朵的這個小聲音，這陣子以來我一直一直趕不走也揮不去的小聲音。

管他的。

第十二章

Blue Monday，不blue的夜晚，白色甜點屋，世界上最好吃的檸檬塔以及喝了這麼多年依舊一點長進也沒有的普普通通熱拿鐵，還有，這個世界上我最愛的兩個人。

『然後你們就bye了？』

『在那個溜滑梯之吻結束後？』

「嗯哼。」

『就這樣？』

『不是吧？』

確實不是，並不是。實際情形是這樣：當我們在那個溜滑梯之吻結束之後，伴著潔白的月光他陪我走回家，我們走得刻意的慢而話題則熱絡的聊，我不太記得我們都聊了些什麼，只記得我們都認爲小時候覺得月亮很可怕，怎麼一直跟著我們回家。

然後在我家門口的樓下，我們再一次吻別，然後擁抱，然後晚安，然後再見；他的懷抱他的親吻一如我想像中的美好，是的其實我一直在想像這畫面這一切，只是我一直自欺著罷了；而我把這段保留的原因，是因爲就算再親近的朋友，也該給彼此留點空間。

『好奇怪的感覺。』

呆呆的望著窗外的街景，蔓羚說：

『是三兩個月以前的事而已嗎？忘記了。反正就是你們第一次重遇那天，我指的是他去妳公司找妳、而你們還沒能好好說上話的那天，妳嚇得跑來找我，然後我們就是坐在這裡，這白色甜點屋裡。』

「是啊，而當時候妳還在賣車子呢。」

『呵，是啊，那次我們還聊起學生的時候就經常來這裡了啊，好羨慕穿著很憋的合身套裝腳踩囂張高跟鞋的那些OL，可是結果我們也變成當時我們眼中的那些OL了。』

「那是妳，我沒有，我只有到職的第一天那樣穿而已，然後第二天開始就自暴自棄做自己了。」

『對對，而且通常只搽了防曬就衝出門趕捷運。』

『抱歉讓我插個嘴，』峻翔對著蔓羚說：『不過我已經開始懷念妳穿緊身套裝腳踩囂張高跟鞋的樣子了，好辣好性感，雖然妳知道、但是我很愛。』

『我知道，也謝謝你的讚美還有柏拉圖愛情。我下次市集就那裝扮出場以感謝你的美男計讓我的收支終於開始打平。』

『太棒了！』

『還眞的咧。』

『嘖。』

蔓羚繼續說：

『接著一個月的時間有沒有？我們三個人坐在這裡，看著妳難得發脾氣，因爲凱燁要妳和他一起搬去墾丁。』

『是啊，眞難得有人被求婚的反應是大發脾氣。』

「是啊，這麼斷章取義的確有趣！」

『那當然，斷章取義最有趣了！難道妳不知道嗎？』哈哈了兩聲之後蔓羚又說：『然後呢，我們之後還是繼續爲了檸檬塔和純白色裝潢聚在這裡，一個月三兩次，聊聊這個扯扯那個，可是不知不覺中，我有了新的工作，他有了新的男友，而妳，也愛上了新的人了。』

「……」

『好奇怪的感覺，我們從高中就開始坐在這裡，可是我們卻已經和當時候的我們大不一樣了，我們甚至也和上個月的我們不太一樣了，人生眞是無常，不過這也是沒辦法的事，畢竟人不可能一直保持著不變啊、又不是雕像。』

『這倒也是。』

『我們到了老太婆的年紀時還會這樣三個人坐在這裡和彼此待在一起嗎？』

「那是一定要的啊！」

『如果誰第一個缺席的話，另外兩個就去放火燒她家好了。』

『不用玩那麼大，開車撞就好了。』

「再告訴我一次，我爲什麼會跟你們兩個變成好朋友還鬼混這麼多年？」

我問，然後我們三個人結結實實的笑了好一陣子。

『不過，有個很嚴肅的問題是，如果白色甜點屋收了怎麼辦？』

『那就自己學著做好吃的檸檬塔啊。』

「好主意！但問題是誰學？妳嗎？你嗎？」

妳看看我，我看看你，接著我代替我們說了我們都想說的話：

『算了，不然我們就改吃星巴克的楓糖肉桂捲好了，反正它們的熱拿鐵比這裡的好喝。』

我們好好的痛快笑了好一會兒之後，接著是陷入各自的沉默，我不知道他們正在想著什麼，我有點覺得其實我們各自想著的是同一件事情：我們到了老太婆老公公的年紀時，還會像這樣聚在這裡甚至是陪在對方的身邊並且參與每一個我們人生中重要的時刻？

一定要的啊，一定要這樣，好嗎？

『不過、我還是搞不懂、我是不是誤會了什麼？還是說你們異性戀的感情世界比較枝枝節節艱深隱晦？』峻翔說：『我的意思是，你們重遇了，你們相愛了，你們投降了，你們坦誠了，可是結果你們卻決定至少一個月的時間不再見彼此的面？難道是因爲韭菜的味道妳其實太不喜歡？』

我瞪了峻翔一眼，而蔓羚則噗哧地笑了出來：

『確實如果早知道稍後會接吻的話，他是應該吃燒餅夾油條的，因爲芝蔴的味道嚐起來是比較香。』

『而且沒記錯的話，她好像不喜歡韭菜但對於蒜頭卻愛得很。』

『還有九層塔。』

『以及豆乳醬。』

「好了啦、你們！」

『好啦。』好得意的哈哈大笑之後，蔓羚才說：『因爲凱燁，當然是因爲凱燁啊！』

「還有你們，其實。」

『咦？』

『我們怎麼了？』

「我有點害怕你們會不喜歡這個我，我的意思是——」

『嘿、佳欣寶貝。』打斷我，峻翔說：『我很愛妳，我他媽的愛死妳了，我的意思是，如果我是異性戀的話，我第二個追的女生肯定會是妳！』

「爲什麼是第二個？」

『因爲第一個是蔓羚？』

『爲什麼我是第一個？』

『那當然是因爲妳比較機車又難搞，所以要這樣講才不會被妳踢小腿骨。』

蔓羚在桌子底下狠狠踹了一下峻翔的小腿骨，還好我聽到的是峻翔的哀嚎聲而不是骨頭碎裂的聲音。

『妳很過分耶！』

「你要慶幸她現在不是業務，否則高跟鞋踢起來更痛。」

『也是，』峻翔哼了一聲，接著把話題帶回剛才：『我的意思是，居佳欣同學，我愛妳的原因不是因爲妳的感情生活妳愛的人是誰，我愛妳是因爲妳是妳，就算妳在別的地方變了，但妳在我們的小宇宙裡，妳依舊是我們熟悉的那個居佳欣就好了。這麼說妳懂我意思嗎？』

「我懂。」

而且我好想哭。

『我也是——喂！』蔓羚瞪了我一眼：『倒抽一口氣還那麼大聲是怎樣？』

「是很驚訝。」

『……』

「坦白告訴妳好嗎？我很怕妳會因此看輕我，而且不理我……」

『好，我知道妳的意思是什麼，然後，好，確實我也想過這個問題，於是我才知道，我會永遠愛妳，無論妳愛的人是誰、就像峻翔剛剛說的。』嘆了口氣，蔓羚說：『因爲實在不知道該怎麼說個清楚，所以讓我這麼簡單又老套的比喻吧：如果是妳和凱燁同時掉進海裡而我只能選擇救一個人的話，那麼、那個人絕對會是妳。』

『那當然，換作是我也一樣，因爲凱燁會游泳啊！』

『而且還會衝浪呢！』

「而且妳也不會游泳，妳是該如何來救我？」

『好了啦！你們！每次都搞錯重點是怎樣！』蔓羚說，然後嘖了一聲，『我的意思是，當然凱燁也是我的朋友，當然我是你們的介紹人，可是親愛的，我希望妳快樂，希望妳和妳愛著的人在一起，根本就不必顧慮我而影響了妳的選擇啊！』

「我知道，我只是……」

『嘿！畢竟我們才是要一起變老的朋友啊！』

『我們是沒有血緣關係的家人，而且我會死纏著你們還有你們客廳的沙發一輩子、不管我的人生如何改變。』

我好沒用的紅了眼眶。

『那麼，凱燁呢？』

『他知道了嗎？』

「當然，他是第一個知道的人。」

凱燁必須是第一個知道的人，這是起碼的尊重，我覺得。

「其實我昨天當天來回墾丁。」

『嘩，好累。』

「是啊。不過有句話是這樣，吵架一定要當面吵，因爲這樣你才能夠看到對方當下的表情，而我對凱燁就是這樣的想法。」

『不怕因此改變決定？』

「這就是我決定去找他，當面告訴他的原因。」

我希望我因此改變決定。

『結果呢？他的反應是？』

「沒關係，我還能哭。」

『嗯？』

「嗯。」

『嗯。』

沒關係，我還能哭。

聽起來說起來回想起來都是好感傷的一句話，不過實際上並不是那麼一回事，實際上我們從頭到尾都沒有提到分手這兩個字，雖然我們確實是置身在分手這個狀態裡沒錯。

墾丁大街上初開店營業的星巴克，兩杯熱拿鐵和兩份楓糖肉桂捲，一夜沒睡的我，以及，或許也一夜難眠的凱燁。

『所以，妳和我姐還有婷婷吃完晚餐之後，突然決定搭夜車南下來墾丁找我？』

「是啊，就像某人前幾個月做的事情那樣，不過我比較不surprise一點，因爲我上車前先發了封訊息告訴你。」

『因爲我那次很確定妳不會臨時起意跑去衝浪，不過我的話卻很有可能會這麼做害妳撲空。』凱燁試著笑了一下：『不過如果是要學的話，我眞希望妳學一點我別的什麼，搭夜車太累了啊。』

「很久沒這麼做了嘛，突然很想這麼做啊，不過嚴格說起來，最初這麼做的人其實是我不是你。」

我說，然後我們相視而笑。

我們是同時想起了什麼：凱燁剛到墾丁工作的時候，有一次我和蔓羚還有峻翔忘了是在火車站附近的哪吃晚餐，然後聊著聊著，我突然湧起好想立刻見到凱燁的念頭，於是下一刻，我便一路走去買了南下的火車票，就這麼搭著夜車然後在高雄吃了早餐等開往墾丁的第一班客運。

那是多久以前的事了?那是還沒有高鐵時候的事，那時候的我們，多麼相愛。

我們確實曾經相愛過。時間的流逝確實令人感慨。

我們贏了愛情，卻輸給了時間。

「那時候的墾丁和現在很不一樣，現在的墾丁，變了好多啊。」

『我還記得妳第一次來墾丁的時候，看到那些或者穿著比基尼或者穿著泳褲赤裸著上身就這麼走在墾丁大街上的人，妳好震驚啊。』

「我直到現在還是很震驚。」我笑著說：「我們第一次來墾丁的時候就有這星巴克了嗎?眞是想不起來了啊，太久以前的事了。」

『呵，和妳一起在墾丁吃早餐的感覺很妙，眞沒想到能和妳有這畫面、說來也算是値得了。不過、我還是希望妳不要這麼累，搭夜車太累了啊。』

「……」

『其實我們最初要開的不是衝浪店是賣早午餐的咖啡店，畢竟那才是我的專業，不過蔡大欣聽了之後卻立刻這麼說：可是在墾丁，有誰會早起吃早餐的嗎？是啊，我想想也是，除了我們這些要輪早班的旅館人員，有誰會在墾丁吃早餐的呢？旅客嗎？別傻了。於是我原先的構想就這麼被推翻。』

望著此刻還空盪盪的清閒星巴克，凱燁說。

『或許這就是我的宿命吧，我總是做錯決定，一開始我因爲太愛衝浪太愛墾丁了，於是拉開了我們的距離，後來我開始覺得這樣好像不太好，於是想要改變，想要讓妳來這裡、讓我們能夠每天在一起，可是沒想到，這反而卻變成了我們永遠的距離。』

「我們從來就不是彼此的全部啊。」

『或許，這就是我們之所以能夠長久的原因哪。』

「凱燁——」

『沒關係，』凱燁苦笑著，說：『妳的訊息我看了，也明白了，不過我居然不太驚訝啊。他對妳好嗎？』

我沒想到這會是凱燁對於這件事這訊息、開口的第一句話。

『不要露出這麼自責的表情嘛！我不喜歡妳的這個表情，妳的每個表情我都愛，笑著的臉、哭著的臉，甚至是生著悶氣的臉，但就唯獨這個表情，我不喜歡。我不想要把妳這個表情留在我們的記憶裡。』

凱燁溫柔的拍了拍我的手，筆直的凝望著我，接著說：

『不是漂亮話是眞心話，不要把我當成妳的責任好嗎？我不想要變成只是妳的責任。如果變成只是那樣的話，就太悲哀了啊。』

「對不起……」

『別說對不起，眞的不用抱歉。感情的確是需要經營，但是感情的變化又不是自己或者雙方面能夠選擇的；愛情是會來的，也是會走的，只要記得這個道理就好了。或許這就是愛情令人又愛又恨的地方吧。』

「是啊，但我還是覺得很抱歉——」

『反正，』打斷我，『反正無奈的時候，感慨的時候，聽李宗盛的歌就是了，妳會驚訝的，在吹鹹鹹的海風時聽著李宗盛那口白似的李式情歌，居然也滿對味的啊。』

「難道不是蔡健雅嗎？」

『李宗盛也行，蔡健雅也行，不過，如果只是想感慨而不是感傷的話，或許還是聽著男人的歌比較合適也比較安全吧。』

「呵。」

我們低頭喝著各自的咖啡，吃著各自的楓糖肉桂捲，就像這麼多年來我們在餐桌旁的每一刻那樣，老夫老妻似的、做著各自的事情，想到個什麼話題時、才開口開始說話，沉默的自在，並不爲了要證明什麼似的黏黏膩膩放閃光。只是此刻，確實自在依舊，只是人事已非。

『妳一夜沒睡會不會累？要不要到我的房子裡休息？』凱燁說，然後立刻解釋：『我不是那個意思，我是說如果妳不嫌棄油漆味的話，我還是很歡迎妳到我的房子裡休息或待著，我指的是永遠，我永遠都歡迎妳。』

我笑著說我知道，然後問：

「什麼油漆味？」

『我房子裡擱了好久的油漆，本來是想給房子重新上漆的，不過後來擱置了好久，還很煩惱油漆該怎麼丟呢？當作一般垃圾嗎？還是資源回收呢？眞搞不懂。不過這會兒、我想起碼是可以少掉一個煩惱了。』

我微笑著告訴他，眞心這麼對他說：

「告訴你一句眞心話好嗎？我從頭到尾都不覺得你應該爲了我放棄你的夢想。」

『爲什麼？』

「因爲是夢想，而夢想無價，也因爲，你是凱燁啊。」

『呵，那我也告訴妳一眞心話好嗎？』

「嗯？」

『大家都不知道其實衝浪還有一個好處。』

「什麼好處？」

『想哭的時候就去衝浪吧，比躲在廚房裡切洋蔥帥多了；眼淚在空氣裡是傷心，在海裡則變成只是鹽分了。』

「凱燁……」

『沒關係，我是說眞的，妳只是選擇另一個陪妳走下一段人生的人。』起身，凱燁說：『眞的沒關係，因爲我只是被取代了而已，而且，我還能夠哭。』

沒關係，我還能哭。

在並肩走去搭客運的路上，我們懷念也盡可能釋然的聊起我們在墾丁的種種回憶，水上活動哪，沙灘越野車哪，夜裡的海風和啤酒哪，草原上的煙火哪，迪迪後來搬到哪去了啊，還有音樂祭、當然還有音樂祭。

最後，我們聊起海角七號驚豔台灣同時開始引發國片復甦的那一年。

「眞難得我們有一次來墾丁找你，不是被綁在沙灘上躲在遮陽傘下面。」

『呵，想要再去回憶一次嗎？』

我爲難的笑著比著凱燁身後的方向。

『好吧，妳的車來了。』

「回台北的話，再找我們，好嗎？」

『嗯，當然。』

「保持聯絡，好嗎？我想知道你過得好，我希望你過得好，過得比我好。」

於是我明白，原來生命中的某些人，會讓一首歌或者一段文字，變成是種具體的感受和心願。

『當然。』

當

然

上車，道別，揮手，然後，是的，在車門即將關上的那一刻，凱燁對我說：

『留下來，或者我們還是好朋友。』

我還想說些什麼，可是車門已經關上，透過車窗，我看著凱燁的身影站在原地變成比例尺在我的視線裡縮小，縮小，縮小，終至隱沒在開始慢慢熱鬧起來了的墾丁大街。

第十三章

我們多久沒見面了？起初我會一分鐘一分鐘的數，後來我變成是一小時一小時的數，直到我變成是一天一天的數這時候我發現我開始恨起他來了：那是什麼鬼約定？眞不應該答應他的，眞不曉得爲什麼他要提出這種白痴約定來。

那天在我家的樓下、當我鬆開他的懷抱時，他告訴我、或許我們應該暫時不再見彼此的面，如此在斷絕了所有一切的聯繫之後，反而我們能夠更看得清楚關於我們之間的這什麼。

『或許妳只是貓不見了、貓找到了，一時間的情緒激動而已，更或許對妳而言我只是個新鮮、甚至是青春年歲的特殊回憶罷了，等妳清醒過來後悔了明白了我們之間是個錯誤的時候，那已經來不及了，並且，傷害已經造成了。

『所以我們就給彼此一個月的時間不見面不聯絡，如果一個月之後，妳發現妳還是愛我的，妳發現妳想要的人還是我，那麼，就再來找我，我會等妳。』

於是我說好，因爲我想他說得對，我當時覺得他是對的。

然而，當我開始一個星期一個星期的數時，我發現，我不但開始恨起他來、甚至開始失心瘋地犯起疑心病來：他眞的會等我嗎？他只有在追我嗎？他爲什麼可以那麼理智、在那樣的月光那樣的長吻那樣的擁抱之後？甚至、他是不是單身呢？他從頭到尾都沒有告訴我他是單身不是嗎？我何不直接打電話問他好了？我發現我其實只是想要找個藉口打電話給他而已。

天啊我瘋了，我眞的是瘋了，我想得頭都痛了心都悶了我究竟是爲了什麼要如此自我折磨？我好想他，想聽聽他的聲音，想見他的面，我做什麼要答應那個鬼約定？

然而這麼，一個月的約定到期那天，確實我是拿起了手機，不過我並不是打電話給他，卻是撥出了凱琪的電話。

『我不知道妳還會想要找我吃飯，我的意思是——』

凱琪在電話的那頭驚呼著，而我則把這些好早以前就想告訴她的心底話說給她聽，我說其實我很喜歡她，也很喜歡婷婷，更是感謝因為有婷婷在身邊、讓我得以看似正當的找她玩泡泡水。

「我很喜歡吹泡泡，我只是不喜歡離開台北而已，我知道我這點很古怪，不過、對，我就是對大自然過敏。」

最後我問她：我們還可以是朋友嗎？有時候一起吃個飯，有時候用line閒聊天，甚至我還滿有點想和她一起去做瑜伽的。

凱琪又哭又笑的告訴我：那當然啊！

於是隔天我們一起去忘了哪家的親子餐廳晚餐，我們坐在餐桌旁邊聊天，而婷婷則愉快的在冷氣房裡的遊樂區和陌生的小朋友玩耍；我有點懷疑其實婷婷也不喜歡親近大自然而且同樣痛恨練鋼琴、就像我小時候那樣。

我有點懷疑我其實小時候也經常「我們到了嗎我們到了嗎？」的煩死我媽和她朋友，不過我相當確定我從小到大都沒有愛過鐵板麵加兩顆蛋。

我根本就不吃雞蛋。

我們也聊起凱燁，聊起凱燁和我，以及凱燁和他的夢想，還有這中間的兩難，成全與退讓，都難。

凱琪畢竟是個聰明的女人，她聽出我話裡不好說出的什麼，她於是告訴我一個關於貓在屋頂上的故事，接著她建議我如果隔天沒事的話、不妨去墾丁找凱燁，好好聊一聊，當面聊一聊，因爲其實，凱燁早已經找她聊過了、在前一陣子的時候。

『實際上就是他上次明明休假預定要留在墾丁衝浪、但卻突然提早一天換假回台北的那次，』凱琪說：『他心裡是有個底的，只是他不確定也不是眞的那麼想知道，畢竟是這麼多年的感情了，也那麼穩定了。』

「……」

『我當時候也不知道該怎麼跟我弟說，畢竟我完全置身事外而且和妳在一起的時候又總是在聊我自己的事情，』凱琪扮了個可愛的鬼臉，然後再一次無所謂的聳聳肩膀，『不過待會兒我想我會打個電話給他，聊一下這件事情，盡可能婉轉的卻暗示性強的、當然。』

「謝謝妳。」

『不會，不用客氣，跟我不必客氣，不管往後我們的關係變成只是好朋友了。』凱琪爽快的說，然後嘆了口氣，才又說：『他其實早就可以去完成他的夢想了，他租那棟老房子都幾年了？我才不相信他是直到現在才有這個念頭，只是一直拖著而已，這確實是他人格上的小缺點、這拖延的性格。』

「我知道，不過除此之外，凱燁眞的是個很理想的完美男人，和他在一起的這麼多年，我一直覺得很幸福。」

我眞的覺得很幸福，也很感謝，感謝我們在那麼多年的時間裡，都好好的愛著對方，並且，願意站在對方的立場、愛著彼此。

我們確實幸福過，只是……嗯。

『是啊，除了他太痴迷衝浪這件事之外，不過、這倒也不是什麼壞事就是了。』凱琪說，然後朗誦似的唸了一段話：愛情終究是一種緣分，經營不來，我們唯一能經營的，只有自己。

『張小嫻在《謝謝你離開我》這本書裡的一段話，我好喜歡這一段話，也買了這一本書，不過，』她聳聳肩膀：『我倒是還沒想過要離開誰就是了，我對我的生活很滿意，和老公的相處也完全沒有問題！』

太棒了我愛死了！在好難得這麼和諧的感性的women's talk之後，那個愛講大道理的凱琪又回神了。

不過、算了，我想我還是愛她的，這麼聰明又有趣的女人、有什麼不愛她的道理，並且，這世界上、又有誰是眞的完美的呢？

就算眞的有的話，這完美的人大概也不會喜歡如此平俗又不完美的我吧。

於是我去了墾丁，於是我告訴了蔓羚和峻翔，然而接著，連我自己也驚訝的是，我決定再給自己延長一個月的約定，看看自己對於這個決定的感覺如何？想想自己對於這個決定是不是會後悔？

或許他只是太理智了，但卻說得對。

想太多的人是我。

但我不後悔、在這兩個月的放空、把自己想清楚之後。

無論結果是什麼，我都不後悔。

於是再一個月的自我約定之後，我再一次拿起手機，對著他的名字，我傳送了一張自拍的照片以及這一串訊息：

讓那個照片集延續吧！如果你還愛我的話，就讓照片集裡的那女孩延續到她現在的模樣，然後，明天她下班的時候，到她的公司找她、就像你第一次做的那樣。

隔天六點，公司門口，我遠遠的就看到他坐騎在腳踏車上面，而臉上，還是那抹怎麼看就怎麼又愛又氣的微笑。

而，這是他開口的第一句話：

『妳瘦了好多。』

「是啊，因爲之前和你妹夜跑外加吃宵夜胖太多了。」

我說，而嘴角同樣是忍不住的微笑。

『我以爲妳不要我了，因爲那天妳並沒有打電話給我。妳遲到了。』

「對不起，是我的錯，不過和凱燁友好並且沒有掉眼淚的分手之後，我發現我需要再一個月的時間想清楚。這都是某人教我的。」不過我還是很好奇：「倒是你都沒有想過要打個電話問嗎？」

『因爲太害怕了，所以反而不敢問。』他乾脆又瀟灑的說，『不過我有去過幾次妳家樓下。』

「白痴。」

『隨妳怎麼說，』他撇了撇嘴角，然後問：『所以呢？我們接下來該怎麼做？第一次正式的約會嗎？』

「是啊，而且我都已經預先想好了我們要去吃炒蛤蠣接著再上貓空看夜景。」

『好主意，我們一直沒吃到炒蛤蠣，也一直錯過貓空的夜景，我們眞的是一直在錯過啊。』

「告訴你，我們不會也不必再錯過了，但是在那之前，我有兩個很嚴肅的問題必須要先問過你。」

『請問。』

「你確實是單身嗎？眞的沒有女朋友？」

『廢話！這是什麼蠢問題！』

嘖，他眞的可以再溫柔一點。

「好，這是小折對吧？」
指著他的腳踏車，我問。
『對啊，不然妳以為我是怎麼上捷運的？所以，兩個問題結束了，我們走吧。』
「等一下！你真的一點都不納悶我幹嘛特別叫你騎腳踏車來嗎？」
『好，我現在納悶了。為什麼？』
「可惜了是小折，比較好吊起來。」
他先是楞了一下，然後笑了開來：
『妳想幹嘛？』
我笑了起來，我笑著把他對我說過的話告訴他，以一種我自己也驚訝的瀟灑口吻，我說：
「去選個喜歡的水龍頭！」
『妳不是認真的吧。』
「不，我當然是認真的。」我說，然後要他跟在我的身後走：「好吧，考慮到你對我們公司的環境又沒有國中教室熟，所以，我已經幫你選好了。」

『需要幫忙提水桶嗎？』

他笑著問，但還是繼續跟著我走。

「不用，這件事我喜歡自己來，好了，站住吧。」

『妳不是認真的吧？』

「我是！」

我說，然後好愉快的潑了他一桶水，潑得他整身溼、就像國中時，他對我做的事情那樣。

「這次，換我追你了！」

The end

還是好朋友 / 橘子作. -- 初版
-- 臺北市：春天出版國際, 2013.07
面；　公分. --（橘子作品集；28）
ISBN 978-986-6000-72-0（平裝）
857.7　　　　　102013184
國家圖書館出版品預行編目資料

還是好朋友

橘子作品集 28
Still Friends

作　　者◎橘子
總 編 輯◎莊宜勳
主　　編◎鍾靈

出 版 者◎春天出版國際文化有限公司
地　　址◎台北市信義路四段458號3F
電　　話◎02-7718-0898
傳　　眞◎02-7718-2388
E-mail　◎frank.spring@msa.hinet.net
網　　址◎http://www.bookspring.com.tw
部 落 格◎http://blog.pixnet.net/bookspring
郵政帳號◎19705538
戶　　名◎春天出版國際文化有限公司
法律顧問◎蕭顯忠律師事務所
出版日期◎二〇一三年七月初版
定　　價◎220元

總 經 銷◎楨德圖書事業有限公司
地　　址◎台北縣新店市復興路45號3樓
電　　話◎02-2219-2839
傳　　眞◎02-8667-2510
香港總代理◎一代匯集
地　　址◎九龍旺角塘尾道64號 龍駒企業大廈10 B&D室
電　　話◎852-2783-8102
傳　　眞◎852-2396-0050
排　　版◎浩瀚電腦排版股份有限公司

ISBN 978-986-6000-72-0
Printed in Taiwan